JN113396

大活字本シリーズ

つばくろ越え

蓬莱屋帳外控

志水辰夫

《下》

埼玉福祉会

つばくろ越え

蓬莱屋帳外控

下

装幀　巖谷純介

目次

つばくろ越え

蓬莱屋帳外控《ほうらいやちようがいひかえ》

ながい道草

I

檜山道之助《ひやまみちのすけ》が道安《どうあん》という名の医者であったことを、仙造《せんぞう》はたずねて行くまで知らなかった。

「檜山さま？　さあ、道安先生のことでしょうか」

応対に出てきた乙吉《おときち》という助手《すけて》が首をかしげた。

「江戸の三島屋さんから荷物を預かってきたんだ」

「ちょっとお待ちください。うかがってまいります」

乙吉はそう言うと本堂のなかへひっこんだ。

越後《えちご》は刈羽郡小柳村というところだった。北国《ほっこく》街道から五里ばかりなかへはいったところで、千覚寺《せんがくじ》という寺は村のほぼ真ん中にあった。

本堂を使って診察が行われているらしく、十人を超える人数が詰めかけていた。さらにそれよりも多い子どもの数。

子どもは、いっときとしてじっとしていなかった。はしゃぎまわったり騒いだり、まことににぎやか。というよりやかましかった。病気の子がいるとは思えないのだ。

「失礼いたしました。道安先生でまちがいないそうです。ただ、あいにく先生はただいま診察をしておられますので、しばらくお待ちいただけないでしょうか。まだ半刻《はんとき》ぐらいかかると思いますが」

かまわないと答えて、仙造は本堂を離れた。門の外まで出ると石に腰をおろし、一服しようと煙草《たばこ》を取りだした。

きょうは新潟を七つ立ちしてやってきた。だいぶ日が短くなり、太陽が山際《やまぎわ》に落ちかけていた。

さして大きなながめではなかったが、目の下に平地と棚田がひろがっていた。とはいえ平らなところは、全部合わせても五町歩《ちょうぶ》とないだろう。周囲にその三倍くらいの棚田。稲刈りは終わっており、あとは冬《ふゆ》を待つばかりになっていた。

村の中心とはいえ、見えている家は二十軒となかった。すべて茅葺《かやぶ》き。大きな家の妻側を見ると、中が二階三階になっているのがわかる。冬は大雪が降るところなのだ。積もったら二階から出入りすると聞いている。

前方にかすんでいる山が、西日を受けて黄色に輝きはじめた。あれは多分米山《よねやま》だろう。北国街道があの山の外側を通っている。これほどなかのほうへはいってきたのははじめてだった。

仙造のかたわらを通りぬけ、村人が帰りはじめた。いずれも親子連れだ。子は幼児から十二、三くらいまで。なかにはひとりで三人の子を連れた母親もいた。

境内《けいだい》ではじけていた声が消え、ひっそりしてきた。

煙管《きせる》をしまいかけていると、門から女が出てきた。

ひとりだった。足を止めて仙造を見つめていたのに、気がつかなかったのだ。

「お待たせしてすみません。りくと申します。ただいま診察が終わりましたので、片づけはじめたところです。お手が空《す》いたようでしたら、本堂のほうへおいでいただけますか」

「あ、さようでやすか。べつに、手前のほうは、いつでもよかったんですけど」

しどろもどろになった。こんな片田舎で、こんな上品な女に出会おうとは思ってもみなかったのだ。

四十をいくつか越したくらいだろうか。ふっくらした顔と透きとおった肌、おだやかな目許《めもと》、かたちのよい唇、それこそ美人画から抜けだしてきたみたいな女だった。格子縞《こうしじま》の着物に、ざっくり束ねた髪を木櫛《きぐし》と簪《かんざし》一本でとめている。ことさらつくってないから、よけい生地のよさが目立った。眉《まゆ》も剃《そ》っていない。お歯黒もつけていなかった。

「すみませんが、わたくしは一足早く引きあげさせていただきます。あとでまた、お目にかかりましょう」

五十段ばかりある石段の途中に、右奥へはいって行く道があった。そこに家が一軒見えていた。女がその家を指さしたような気がした。かるく会釈《えしやく》すると、女は石段をおりはじめた。足どりが慎重すぎるような気がした。すぐに、左の足がわるいことに気づいた。一歩ごとに躰《からだ》が右のほうへ傾いている。

見えていた家は茅葺きの平屋だった。りくがそちらへ去ったのを見とどけて、仙造は山門をはいった。

境内で寺男の甚平《じんぺい》とすれちがった。ここへきたとき、最初に声をかけた男だ。鐘楼《しょうろう》へあがって行くところだった。

仙造が本堂で草鞋《わらじ》をぬぎはじめたとき、鐘が鳴りはじめた。暮れ六つの鐘だ。

なかはもう薄暗くなっていた。明かりがともり、助手の乙吉がきびきびした動きで片づけものをしていた。

道安はいなかった。と思ったら、庫裏《くり》に通じている廊下から声が聞こえてきた。

男がふたり話していた。坊主頭《ぼうずあたま》がこの寺の住職だろう。総髪に十徳《じっとく》という男が道安か。ふたりが会釈をかわし、道安がこちらへもどってきた。

仙造ははいったところの下座で正座し、道安を待ち受けた。

「檜山道之助です。もっともここでは道安と名乗っておりますが」

前にくると膝《ひざ》を折って正座し、黙礼してから道安は言った。

五十をいくらか越えたところだろうか。年格好と体つきは、仙造とあまり変わらなかった。ただ人品骨柄となると、だいぶ差がある。とくに目つきがまったくちがった。おだやかなのだ。

頭の毛は半分くらい白くなっているが、手入れが行きとどいてつややかに光っていた。目が垂れているので威厳には欠けるものの、引き締まった口許と温厚そうな目は、向かい合っただけでほっとするような温《ぬく》もりを感じさせた。

「お初にお目にかかります。このたび目黒の三島屋さんより、荷物をことづかってまいりました、蓬萊屋《ほうらいや》の仙造と申します。これがお預かりしてきた荷物でございます。どうかお改めくださ い」

型通りの挨拶《あいさつ》をのべると、振り分けにしてきたふたつの荷を取りだした。

饅頭《まんじゅう》なら十個もはいろうかという大きさの紙箱だ。重さはひとつが黄表紙の二、三冊分くらい。外側が油紙でつつんである。

中身は薬だと聞いていた。しかし医者がわざわざ江戸から取りよせたものとは知らなかった。薬なら専門の仕入れ網がほかにあるからだ。

道安は仙造にねぎらいのことばをかけ、その場で包みをほどいた。

どの箱にも、小分けした粉薬みたいな袋が三つずつはいっていた。

「やあ、これはありがたい。しかし、もうちょっと早かったらなおよかったな。いや、これは、あなたを責めて言ってるんじゃありませんよ。三日まえだったら、もっとありがたかった、ということです。痛み止めがなかったために、大変難渋をさせた患者がひとりおりましてね」

箱のひとつに文《ふみ》がはいっていた。道安は明かりを引きよせ、それを読みはじめた。

「十七日に書かれております」

顔をあげて仙造に言った。満足そうな顔をしていたが、仙造のほうはどきりとした。

「さすがですな。これまでだいたいひと月かかっておりました。それが今回は、半月たらずで届いた。いや、ありがとうございました」

どうやら本気でよろこんでいる。ほっとしたものの、かなりうしろめたかった。

この荷物が、本家の蓬莱屋から勝五郎のところへ回ってきたのは、八月十九日のことだった。仙造が受けとって江戸を出立したのが二十一日。今回も旅のお終《しま》いは新潟ということになっていた。

したがって新潟に向かう途中で寄り道をしていたら、二十五日には届けることができたのだ。

順序からいえばそうすべきだった。自分の一存で、新潟を先にした。そのために小柳村へやって来るのが、五日遅くなってしまったのだ。

新潟へは、正金《しょうきん》を運んできた。届けたあと、荷受け人からの返信を受けとって帰ることになっていた。

ところが着いてみると、親戚《しんせき》に不幸があったとかで、留守だったのだ。村上まで出かけているという。

帰ってくるまで数日かかるとわかっていたら、その間に小柳村まで行ってくることができた。刈羽郡というのは柏崎《かしわざき》の先だから、一泊あれば楽に往復することができたのだ。

それが、明日はもどります、いえ、明日は必ず帰ってまいります、と言うものだからそのたびに思い直し、とうとう三日もむだにしてしまった。あとで聞いたら、帰途、どこかの温泉に寄って骨休めをしていたというからなおさらだ。

「三日まえだったら……ということは、注文したときに、何日ごろつくか、あてにされていたということですか」

「いやいや、入手でき次第ということで頼んであったのです。だから手にはいらないこともありました。こうなったら早速調合して、患者のところへとどけてやりましょう。すみませんが、またすこしお待ちいただけますか。ところで仙造さん、あなた、本日の宿はお決まりですか」

「いえ、まだ考えておりませんが」

「では、手前どものところに泊まって行ってください。なにもおもてなしはできませんが、これもなにかのご縁、江戸の話でも聞かせてくださいい。わたくしどもの、いちばん飢えているところなんです」

仙造にしてみたらありがたい誘いだった。あと半刻もすれば真っ暗になる。こんな田舎で、これから旅籠《はたご》を探すのは大変なことだった。場合によっては野宿になるかもしれないと、途中で買った餅《もち》を懐《ふところ》にしのばせてきたくらいなのだ。

道安は乙吉に命じ、またなにがしか道具をひろげさせた。きょう受けとった袋のひとつを開け、薬鉢にすくい取ると、ほかの薬と混ぜ合わせはじめた。南蛮渡来と思われる、精巧な秤《はかり》を使っていた。

「蓬萊屋さんとは、はじめてのご縁になりますな。これまでは、といってもまだ二回ですが、上州屋さんというところからお届けいただいておりました」

上州屋なら知っていた。江戸に何軒かある定飛脚問屋《じょうびきゃくどいや》で、駿河町《するがちょう》にあり、陸奥《むつ》を主な稼ぎ場にしていた。

「さようですか。上州屋でしたら、同業者ですからよく知っておりやす。ただ手前どもは、ちょっとばかし、ほかの飛脚問屋とはちがう仕事の受け方をしておりまして」

と蓬莱屋の仕組みについて教えた。ほかの飛脚問屋とのいちばんのちがいは、継ぎ立て問屋の手を通さず、ひとりの人間によって荷が運ばれること。それだけ早く届く代わり、手間賃も高くなる。

「なるほど、そうでしたか。それでわかりました。じつは三島屋に、もうすこし早く届く方法を考えてくれないかと申してあったのです。それでも半分になるとは思ってませんでした」

道安は薬を調合し終わると、乙吉に先方まで届けるよう命じた。それから、あとはわたしがやるから、きょうはこのまま帰っていいよ。ご苦労さんと。

乙吉は色の浅黒い、目のくりくりした、小柄な若者だった。年は二十になったかそこらだろう。背が五尺一寸くらいしかないのでよけい幼く見えたが、動きは敏捷《びんしょう》で、むだがなかった。笑みを浮かべて愛想よく働いている姿は、見ているだけで気持ちがよかった。

頭もよくて呑《の》みこみが早いのは、道安に同じことばを繰りかえさせないことを見てもわかる。このときも届け先から服用の仕方まで、一度聞いただけでおぼえ、よどみなく繰りかえしてみせた。仙造にはお先に失礼しますと礼儀正しく挨拶し、一足早く寺から出て行った。

明かりがゆらめきはじめた本堂で、道安とふたりになった。

「三島屋が蓬萊屋さんを、どうやって知ったんでしょうかね。だれか間に立ったものがいたんでしょうか」

片づけが終わったあと、道安は仙造の前にきて言った。

「あっしはごらんの通り、ただの飛脚でございますから、そういうことはよく存じません。だが品物をもっと早く届ける方法はないか、ということで探したら、行きつく先は似たようなものじゃなかったかと思います。この商売、そんなに多くはねえんです」

「なるほど。ではひょっとして、三島屋が頼みにきたあと、その身内か仲間のふりをして、どこに荷物を届けるか、問い合わせてきたものはなかったでしょうか」

「荷の送り先ということですか」

「さよう。わたくしのところです」

「それだったら、三島屋の明細書か帳面を見たほうが、早いんじゃないかと思いますが」

「じつをいいますとね。わたくしという人間は、もうこの世にいないことになってるんです。居場所をはじめ、道之助という通り名まで、三島屋で知っているのは主人の伝兵衛《でんべえ》ひとり。それだって道安という名までは教えておりません。檜山道之助という名は、注文書を送ったときだけ使っています。荷の送り先もこれまで、そのつどちがえておりました」

「すると道安という名も、ただの通り名ですか」

「そう思ってくださってかまいません。話せばいろいろ事情がございましてね。伏せなければならないことがたくさんあるということです」

行灯《あんどん》の光で見る道安の顔は、黄ばんで多少ぎらついていたが、温厚そうな相貌《そうぼう》にかわりはなかった。とくに秘密めかしているとも思えない。しかし余裕をもってほほえんでいた。

「蓬萊屋から秘密が洩《も》れたんじゃないか、というご心配でしたら、無用でございます。それくらい守れないようでは、この商売は成り立ちません」

「もちろん、それは信じております。ただはじめてのおつきあいですから、念を押させていただいたまででして。それで、最後にもうひとつ、質問させてください。道中妙な人間が近づいてきたり、話しかけたりしてきませんでしたか」

「それは、あっしの足のことをおっしゃってるんですか。待ち伏せされたんならべつですが、後からきた人間に追い越されたり追いつかれたりしたことは、これまで一度もねえんですけどね」

「これはどうも、重ね重ね失礼しました。なにしろ身の安全をいちばんに気にかけておりますので、無礼の段はひらにご容赦ください。これで得心いたしました。これまでのわたくしのことば、すべてお忘れくださいそのうえで、今夜一晩、江戸のよもやま話を聞かせてくださいい。家内がよろこぶと思います。どうぞ。ご案内いたしましょう」

よく考えるとずいぶん失礼なことを言われたと思うのだが、それが気にならなかった。なにを言われても許せるみたいな、人徳がそなわっているのだ。

そういえばはじめ寺へついたときの、村人とのやりとりを思い出した。先生、先生と、村人がありがたがること、本堂のお釈迦《しゃか》さま並だったのだ。

はじめは親しみすぎて持ちあげているのか、と思った。これほど濃い人間同士のつながりというものを、久しぶりに見たような気がするのだ。

2

向こうからくる小柄な男を見て先に足を止めた。

乙吉は呼びとめられるまで気がつかなかった。懐から本を出しては、のぞいていた。中をそらんじようとしていたからだろう。おい、と言うとびっくりして目をみはった。

道安の家を辞して、まだ一里と歩いていなかった。

じつは仙造のほうも、道々首をひねって考えていた。そしてたったいま、乙吉はこのことを知っているのだろうかと思ったばかりだったのだ。

「あ、お早うございます。きょうはどちらへ」

「おめえさんこそ、どこへ行くんだ」

「もちろん、先生のところです。きのうでひとまず、村の子ども相手の種痘《しゅとう》が終わりましたので、きょうは休んでいいよと言われたんですが、お暇があるようでしたら、この本の講義をしていただこうと思いまして」

と持っていた本の表紙を仙造に見せた。内科必読……というところまではなんとか読めたが、後のほうはなんと書いてあるのか、見当もつかなかった。

「先生とこって、先生がきょう出かけることは知らなかったのか」

「え？　先生がどこかへお出かけになったんですか」

顔を見ると、なんにも知らなかったようだ。

「そうみたいだ。高田の向こうの、なんとかいうところから呼ばれたとかでよ。四、五日かかるかもしれんという話だった」

「知りませんでした。はじめてうかがいます。奥さまもご一緒でしょうか」

「そのつもりで、支度をされていた」

「そりゃ大変だ。急な話だとしたら、お手伝いしなきゃ。失礼します」

一礼するとあわてて駆けだしていった。いまから行ったってもう間に合わねえよ、と思ったがそれを言う間もなかった。

だがこれで、ますます腑《ふ》に落ちなくなった。ゆうべ厄介になったときは、そのような話など一度も出てこなかったからだ。

明け方、家の奥で、なにかしている物音を聞きつけて目がさめた。外を見るとまだ暗い。それでまた寝直したのだが、今度目をさましてみると、ふたりとも旅装束をととのえていたというわけだ。

「また疱瘡《ほうそう》が出たみたいでしてね。村の子がばたばた倒れているとかで、お願いします、どうかお助けくださいと言われると、そんなところまで行くのは、と言えなくなってしまいまして」

道安は苦笑いを浮かべて言った。刈羽郡の小柳村に大変な名医がいる、という噂《うわさ》を伝え聞き、使いが十里の道をひた走ってきたというのだ。

このところ疱瘡が大流行しているのは、仙造も知っていた。来るときも上野《こうずけ》の白井という宿場が、いまその真っ最中とかで、真っ昼間なのにほとんどの家が大戸を閉ざし、通りには人っ子ひとり歩いていなかった。旅人までが水一杯飲まず、そそくさと通りぬけていた。

道安がきのう村の子らにほどこしていたのは、その予防のための種痘だった。

ただし長崎から伝わってきたばかりの、西洋医学のあたらしい種痘法は、まだ手にはいっていなかった。それで古くからある、疱瘡のかさぶたを粉末にして、鼻から吸わせる予防法を施していた。

効き目があるかどうかは、蓋《ふた》を開けてみないとわからないとか。かえって本物の疱瘡にかかってしまうこともあり、かなり物騒な療法だった。

だがしないよりはしたほうが犠牲者は少なかったし、かかっても病気がかるくすんだ。それでそういう危険のあることを伝え、かまわないというものにだけ施した。それがきのうだったのである。

それはともかく、仙造が知るかぎり、今朝方そのような客があったとは思えなかった。同じ家の中にいたのだから、来客があればわかったはずなのだ。

するとやはり、今回の荷をとどけたため隠していた居所がばれ、いまの家、ひいては小柳村にいられなくなった、ということだろうか。

道安の所在がもし三島屋からもれていたとしたら、仙造が新潟でぐずぐずしていた間に、突きとめることもできなくはなかったと思うのだ。

とにかく朝の五つ、一夜の宿ともてなしの礼をのべ、仙造は道安の家をあとにした。

道安にどのような事情があるにせよ、一介の飛脚にこれ以上お節介を焼く義理はない。仙造は頼まれた荷物を運んできただけなのだ。その限りで自分の役目は終えていた。

きょうはこれから南へくだり、湯沢まで行って宿を取るつもりだった。湯沢からはいつもの三国《みくに》街道。山越えが多いからけっして楽な道ではなかったが、江戸へ向かうにはいちばん近い道程だった。

小柳村からは松代《まつだい》、松之山《まつのやま》、豊原峠と抜け、信濃《しなの》川を渡し船で越える。

松之山からの登りにさしかかろうとしたときだった。前方からくるふたりの男に目が止まった。

侍だった。ただし一本差し。遠目で見ても頭がぼうぼうという荒くれた恰好《かっこう》をしていた。浪人という風情《ふぜい》ではないし、やくざ渡世とも思えない。これまで見かけたことのない風体だ。

この道そのものが、街道とも呼べないような、鄙《ひな》びた往来だった。旅人はきわめて少ない。出会っても巡礼とか、行商とか、近在の町へ物売りに出かけた百姓とかがほとんど。脇差《わきざ》しを差している仙造の恰好が、どうかすると異様に見えるところなのだ。

道が狭くなったところだったので、ふたりは一列になった。山仕事から帰ってくる百姓が振りかえり、あわてて脇へよけた。ふたりの足が、べらぼうに早かったからだ。

歩いているのだが、走っているのと変わらない速さだった。それも上半身はほとんど動かさなかった。自分が走るのを商売にしている人間だけに、その躰《からだ》の使い方のすごさがわかったのだ。

額が狭くて目が細かった。色が塗り立てた壁のような黒さ。顔と腕の色の差がなかった。出《い》で立ちは裾《すそ》をたくしあげて足に臑《すね》当て、袖なし。髷《まげ》が長い。

仙造も道の脇へよけた。会釈《えしやく》まではせず、目を合わさないようにして、見るともなく相手の顔を盗み見た。向こうはにらみつけるような目で見つめてきた。仙造の姿に気づいたときから、そういう目を向けていたのだ。眼球がまったく動かなかった。

すれちがった。刀の鍔《つば》が角で、それもふつうのものの倍くらいあった。前にいたのが二十代の半ばくらい、後が三十ぐらいだろう。背丈はふつうで、荷物は持っていなかった。

仙造は後から遠慮なく目をあびせた。どういう連中なのか、自分の見聞きしてきた枠のなかへ、なんとか当てはめようとするのだが、そのどこにも当てはまらなかった。

中間《ちゅうげん》、足軽ではなし。むろん同心のような、下世話だがあか抜けている連中でもない。お庭番、ということばが頭をかすめた。とはいえお庭番と呼ばれるものを、現に見たことはないのだ。

にわかに足が重くなった。このまま行くのは、気がすすまなくなってきたのだ。

また振りかえった。

ふたりの姿は木立のなかへ消えようとしていた。どうやら仙造の通ってきた道を、そのままたどっている。

見えなくなるまで見送っていた。

最後はあきらめた。というより気持をむりやり、そっちのほうへ持っていった。自分の仕事が終わっているわけではないのだ。それほど急がなくてよかったとはいえ、託された文を持ち帰る途中なのである。

歩きはじめた。いやいやながらも山をのぼりはじめた。

一刻《とき》後に信濃川を渡った。

「おやじさん。一刻くらいまえだが、侍がふたり乗らなかったか」

渡し船の船頭に聞いてみた。

「ああ、乗ったよ。絵図面みたいなものをひろげて、ぼそぼそと話しとった」

「道は聞かれなかったか」

「柏崎へはどう行ったらいいか、聞いた」

「柏崎へ行くと言ったんだな」

「柏崎のほう、ちゅうたんじゃないかな。若いほうは、一言も口をきかんかった」

乗っていた村の子が騒いだら、若いほうがにらみつけたという。それを見て親が、必死になって子どもを叱《しか》った。子どもにはわからなかったが、親ならその目を見ただけでおびえてしまうものがあったらしいのだ。

信濃川の右岸は、左岸に比べてしばらく登りの坂がゆるい。越える山ははるかに高いのだが、途中まではなだらかなのだ。

これから山越えにかかるという手前で一息つき、見晴らしのよいところで腰をおろして、午《ひる》めしにした。

りくのつくってくれた弁当である。りくは料理が上手だった。昨夜馳走《ちそう》になった菜の煮つけや柿《かき》なますなどは、近ごろ食ったもののなかでいちばんうまかった。

材料はすべてもらい物だとりくは言った。村人がいろんなものを持ってきてくれるから、米以外はほとんど買わなくてすむ。夕食の膳《ぜん》にのったアマゴの串《くし》焼き、漬け物、きくらげの味噌汁《みそしる》なども、すべてもらいものだった。金のない人からは治療費を取らないことにしているから、そのお礼らしいのだ。

脇の道を旅人が通りすぎた。

また侍だった。今度もふたり。ただ編笠《あみがさ》をかぶっていた。刀は二本、羽織《はおり》に裁着袴《たつつけばかま》、上から合羽《かっぱ》を着込んでいた。足に跳ねがあがっていたところを見ると、途中でにわか雨にあったようだ。

前を行く男は若侍といってよさそうだった。どちらかといえば華奢《きゃしゃ》な体つき、後はいかにも頑丈そうな大男。家来ではないかと思った。躰の前後がふくらんでいたところを見ると、振り分けにした荷を肩に背負っていた。

めしを食いながら後姿を見送った。足どりはふつう。下り坂だから
それなりの速さは出ている。
しばらくすると、一段さがった下の田圃《たんぼ》を横切って行くところが見
えはじめた。
信濃川の両岸に見え隠れしながらのびている道は十日町街道といい、
越後と信濃をむすぶ街道のひとつだった。それほど整備された道では
なかったが、長野に善光寺があることから、そこそこ旅人は往来した。
ふたりがその道にぶっつかってどっちへ向かうか、仙造は煙草《たばこ》の支
度をしながら見守っていた。
道はもうひとつある。十日町街道を横切って真《ま》っ直《す》ぐにすすんで行
く道だ。その先に信濃川があり、渡しがある。さっき仙造が通ってき

た道だ。

ふたりは十日町街道を横切った。

にがりきった顔になって、仙造は煙草の灰を落とした。

りくの顔が目にちらついてきた。いかにもあたたかといった、あの目。これまで女からそのような目で見られたことがなかったから、その目にさらされるたび、顔が赤らんでくるような気がしてならなかった。

りくの足はどれくらいわるいのだろうか。なんの病気か、痛みがあるのか、聞くに聞けなかったから知らない。ふだん動く分には差《さ》し障《さわ》りがないようだったが、それほど早くは歩けないだろう。第一長いところが歩けるのかどうか。

いつの間にか、ふたりの姿は見えなくなっていた。はじめに出会ったふたりとは、もう一刻半の開きができていた。

急いで煙草道具をしまった。ようやく決心がついたのだ。

仙造はいまたどってきた道をくだりはじめた。

しかし信濃川を渡ろうとしたところで、足止めを喰った。まえの船に乗っていた村の子どもが、ふざけていた拍子に川へ落ちたらしいのだ。

渡し場へついたときは捜索がはじまったばかりだった。船の上では半狂乱になった母親が泣き叫んでいた。岸にいた人間が下流を指さしながら走っていたが、子どもの姿は見えなかった。流れは速く、水は多かった。急を聞いて、ほかの船が何艘《そう》か出てきた。

おかげで川を渡るのに一刻近くかかった。子どもが見つかった形跡はない。

小柳村へもどってきたときは、日が傾いて七つ近くになっていた。

道安の家は、当然のことながら空っぽだった。

元は寺の茶室だったそうだから、ながめのよいところを選んで建てられている。目の前にひろがっている棚田の風景は、寺の山門から見たときよりはるかにかたちがよかった。春先の、田に水が張られたころの眺めが格別とかで、仙造が泊まった客間には緑水亭という額が掲げてあった。

台所には、鍋釜《なべかま》や食器類がそのまま残されていた。衣類も布団《ふとん》ぐらいしか残っていない。薬草はおおかたがそのまま。薬研《やげん》が残っているのは、重くて持って行けなかったということだろう。

それほど使われていない女ものの下駄《げた》が土間に残されていた。手に取ってみると、左右の高さがちがった。右のほうの歯が二分くらい削ってある。

多分これも持って行くつもりだったのだろう。荷が多すぎて、持って行くのをあきらめたのだ。

足音がするので出てみると、寺男の甚平だった。仙造の姿を見かけたので、自分からおりてきたという。

「先刻、道安先生のところにお客さんが来ましたですよ」

それを知らせにきたのだ。

「侍かね」

「さよだ。ふたりおりました。若えのと、四十くらいのと。先生がお留守だったので、寺のほうへ聞きにきましただ」

笠は取っていたという。若いのは二十そこそこだったが、口はきかなかった。すべて年を取ったほうがしゃべった。ふたりとも礼儀正しかった。

先生はきょう、高田のほうへ行かれました、と甚平は答えた。くわしい行き先までは聞いておりません。

今朝方乙吉から、そう聞いていたからだ。乙吉もこれからお供すると言って、そのあといなくなった。甚平が知るかぎり、ほかにたずねてきたものはいない。蓬髪《ほうはつ》の侍は見かけていなかった。

すると、あのあと間もなく乙吉がやってきたということだろう。そのとき道安夫婦はもういなくなっていた。乙吉は甚平に知らせ、道安のあとを追った。

仙造は甚平に礼を言い、下の道へ出た。

どこへ向かえばいいのか、見当がつかなかった。りくの足を考えたら、まだ五、六里しかすすんでいないと思うのだ。高田まではとうていむり。どう見ても八里はあるからだ。

越後はいくつもの領国に分かれていた。小柳村は、柏崎の椎谷《しいや》に陣屋を持っている堀家の領地だ。一方の高田は榊原家《さかきばら》十五万石の領地、国もだいぶ大きかった。西へあと二里も行くと、国境《くにざかい》になるはずだ。

行けども行けども棚田にかこまれた小さな村ばかりだった。どこも似たような景色。似たような静けさのなかで、ひっそりと夕方を迎えるところだ。

もう榊原領にはいったかもしれない。しかし風景はすべて同じ。宿場や、町の賑《にぎ》わいというものがまったくなかった。今夜こそ、野宿を覚悟しなければならないだろう。

日が暮れてきた。人の動きがすこしあわただしくなり、いっとき牛や鳥の啼《な》き声が聞こえた。そのあわただしい音がみるみる暮色に吸いとられてしまうと、空が熟柿色《じゅくしいろ》に熟れてきた。

なにか騒ぎがあったらすぐわかる静けさ。その気配がどこにもないのである。

宵闇《よいやみ》がたれこめはじめた。新月の時期なので、暮れ落ちてしまうと真っ暗になる。

突然、足を止めた。頭を低くして前方をうかがった。こちらへ走ってくる足音を聞きつけたのだ。

ひとりだった。走るというより、よろめいていた。疲れ切った足どりにほかならない。それでも歩こうとはしていなかった。

近づいてきた。仙造に気がつかないまま行きすぎようとしたから、呼びとめた。

「おい、乙吉」

影が飛びあがった。

「あ、仙造さん。先生は見つかりましたか」

3

乙吉の家がある繁原村にたどりついたのは、五つもすぎた遅い時刻だった。それでもおかげで、あたたかいめしと布団つきの寝床にありつくことができた。

それもとびきり上等のめしと寝床だった。おどろいたことに、乙吉の家は繁原村の庄屋《しょうや》だったのだ。

きょうの話は道すがら聞いた。

あのあと、乙吉は大急ぎで道安の家に駆けつけた。だが遅かった。道安夫婦はもういなくなっていた。

家のなかを見ただけで、しばらく帰ってこないつもりで出かけていることがわかった。医術用の道具はもちろん、粉薬も大方は持ち出されていた。

それだけの荷となると、小さな柳行李《やなぎごうり》ふたつがいっぱいになってしまうはずだ。老齢の道安には重すぎる。

どういう事情があるにせよ、ここは自分がお供しなければならない、と乙吉は思った。

出かけようとしたとき、入口が急に暗くなった。

戸口にふたりの男が立っていた。

「檜山道之助殿はご在宅ですか」

左の男が言った。ことばは丁寧だったが、冷ややかな響きがあった。

人間そのものが持っている冷たさみたいなものが感じられ、それだけで息苦しくなるような不安をおぼえた。

お稲荷《いなり》さんの門前に立っている狐《きつね》を思いだした。口許《くちもと》は動いたが、目や、眉《まゆ》は、まったく動かさなかった。というより、動かないのだ。

「先生は、お出かけですが」

道安の助手《すけて》にしてもらって九ヶ月。この間よそからの客は、ひとりもこなかった。それがこの二日、たてつづけにやってきた。

道安の別名が檜山道之助であったことを知ったのも、ついきのうなのだ。

「どちらへ行かれました」

「それがよくわからないのです。高田の先とおっしゃったそうなのですが、くわしいことはわかっておりません。関川を渡った先の、海沿いのどこかの村だと思います」

「いつお帰りになる」

「四、五日かかるのではないかと思います。近在の村から呼ばれて、お出かけになることはよくあるんです。そのときはたいてい四、五日、長ければ七日から十日滞在されたこともあります」

「奥さまもご一緒ですか」

「はい。どこかへお出かけになるときは、いつもご一緒です」

「名はなんとおっしゃる」

「は?」

「奥さまの名前だよ」

「りくさまとおっしゃいますが」

「いつごろお発《た》ちになった」

「五つごろではないかと思います。わたくしがやって来ましたときは、もうお出かけになったあとでした」

しゃべっているのは、もっぱら左側の、年上のほうだった。右にいる男は、見透かすような、冷ややかな目を向けたまま。気味悪さからいえば、こっちのほうがはるかに上だった。

「そのほうは、ここでなにをしているんだ」

「はい。留守番を仰《おお》せつかっております。助手の乙吉と申します」

右の男がうながすような目を送り、ふたりは出て行った。

「失礼した」

ということばだけを残した。

しばらくぼうっとしていた。それからまえにも増して不安をおぼえ、あわてて外へ走り出た。

下の道にふたりがいた。顔をつき合わせてひそひそ話をかわしている。ふたりの間には巻紙のようなものがひろげられていた。それをのぞきこんでは右左を指さしている。

相談がまとまったらしい。紙は巻き取って、年上のほうが自分の懐《ふところ》へもどした。

ふたりは右と左へ散って行った。

乙吉は急いで千覚寺に走った。

庭掃除をしていた甚平にひと言伝え、自分も飛びだして行った。

右に向かった若い男を追って走りはじめたのだが、下の道までおりたときはもう見えなくなっていた。かなり遠くまで見通せるところなのに、どこにも姿が見えない。それが乙吉の不安や恐れをよりかき立てた。

ここらの道や地形ならあの連中よりはるかに知っているから、近道をしようと思った。

それで道が山の下を回りはじめたところで、逆の方向にはいって行った。いくつかの小山を越えて行ったら道筋がだいぶ節約できるのだ。その山のひとつにかかりはじめたときだ。それこそぎょっとして、息を呑《の》んだ。

ふたつ先の山際《やまぎわ》に、ちらりと人影が見えたのだ。さっきの、うす気味悪い侍にちがいなかった。道もない山のなかを、信じられない速さで駆け抜けていた。

そのとき見かけたのが最後だ。以後は二度と見かけなかった。

山間《やまあい》を走り抜けたところで、保倉川に突きあたる。堀家と榊原家の国境になっている川だ。

川下へ行けば幅が二町にもなる大きな川だが、ここらはまだ、二十間ぐらいの幅しかなかった。だが大雨が降るたびに洪水を起こす暴れ川なので、橋はあまり架けられていなかった。この近くだと、下流へ半里くらい行かなければならない。

乙吉は浅瀬を探し、裾《すそ》をたくしあげて歩き渡った。

間もなく、高田へ向かう本来の道にもどったが、そのころからあらたな疑いにとらわれはじめた。

それは道安夫妻が、果たしてこの道を行ったのだろうか、ということだった。そうであれば、そろそろ追いついていないとおかしいのだ。乙吉はりくがそれほど早く歩けないのを知っていた。歩くのに難儀をするというほどではなかったが、一歩ごとの足の幅が、ほかの人より小さいのだ。ふつうの人なら四里行けるところを、三里ぐらいしか行けないのではないかと思う。

気になったから人に出会うたび、年配の夫婦ものを見かけなかったか、たずねてみた。見たという返事は一度も得られなかった。

どうやらこの道ではない。となると、あとはもっと下流まで行ってみるしかなかった。それとも川上かだ。

道安がりくの足を考え、駕籠《かご》か馬を雇ったことも考えられた。ただそれが得られるところとなると、やはり北国街道の近くまで行かなければならない。

乙吉はそこまで行った。海沿いの柿崎《かきざき》まで足を運んだのだ。

そのあげく、力つきた。

仙造と出会うまで、その日だけで十里もの道を歩いていた。

「川上へは行ってませんから、断定はできないんですけど、きょう歩いたかぎりでは、こちらのほうへは、おいでになっていないんじゃないかと思います」

というのが、乙吉の最後にたどりついた考えだ。

「おそらくそうだろう。おれも今朝、柳行李をふたつ見てるんだ。重さまではわからなかったが、一、二貫はあったと思う。年寄りには相当きつい重さだ」

「持って行けなくて、残したものもいくつかありました」

「奥さまの足はどうしたんだ」

「子どものころの怪我《けが》だと聞いています。馬から落ちたとおっしゃってました。女だてらに馬を乗り回すような、お転婆《てんば》だったそうです。いまだったらもっときれいに治せていた、と先生も残念がられてました」

「すると痛みはないんだな」

「ふだんはなんともないそうです。だが梅雨時だとか、冬とかになると、しくしくとうずくそうで、この時期はよく温泉へ行かれました。そこの松之山温泉が、よく効くといってお気に入りでした」

松之山ならきょう二回通っている。ただし村の端をかすめただけだから、湯治場は通っていない。小柳村からだと二里足らず。繁原村からだとわずか一里という近さだ。

ここがわたくしの家です、といって案内された家に着いたときは、口があんぐり開くほどおどろいた。長屋門を持つ大きな家だったからだ。聞いてみると、船木という姓まで持った、大庄屋だったのである。

したがってこの若者は、出るところへ出たら刀を差して、船木乙吉と名乗ることができたのだ。ただし本人は三男という身、家督《かとく》はすでに長男が継いでいた。

それで乙吉は医者になろうと思った。

できたら長崎まで行って学びたかったが、世のなかが騒然となるにつれ、どこもかしこもきな臭くなってきた。

また天保《てんぽう》の改革以降蘭医《らんい》の取締りがきびしくなり、うかつには蘭医を名乗れないようになっていた。それで親が心配し、もうすこし時期を見たほうがいいのではないか、ということで許してくれなかった。

仕方がないから新潟の漢方医に弟子入りして八ヶ月学んだ。そのあと家へ帰り、とりあえず自宅で開業した。

だが自分が力不足であることは、なによりも本人がよく知っていた。その矢先、今度小柳村へやってきた医者が、なかなかの名医らしいという評判が伝わってきた。

乙吉はすぐさまたずねて行き、押しかけ弟子にしてもらった。道安が治療しているところを見て、自分とは比べものにならない技量の持ち主であることを、一目で察したからだ。

できたら住み込みで学びたかったが、これは道安から断わられた。旅の途中だから、いつまたつぎの土地へ行くかわからない。それで弟子は取らないというのだ。

「はっきり言うと、弟子はいらないということだったんです。見ておりますと、奥さまが助手として、傑出していることがよくわかるんですね。どっちが先生だかわからないときだってあります。薬を塗ったり傷の手当てをしたりするのは、はるかに奥さまが上手。だからみんなは、どちらかというと奥さまの手当を受けたがります」

「そりゃ言われたことをやってるほうが、慣れたらうまくなるもんさ」

「それはまちがいないと思うんですけど」

乙吉は口をにごし、困ったような顔になった。

「手伝っているうちおぼえたにせよ、奥さまはそれ以上なんですね。こうしたらもっとよくなるんじゃないかとか、こっちのほうが痛みが少なくなるとか、いろんな知恵が出てくるんです。わたくしが見ていて教えられることは、むしろ奥さまのほうが多いように思います」

と言う乙吉の顔は上気して、単なる尊敬以上の色まで浮かべていた。

「小柳村へはいつやって来たんだ」

「そろそろ二年になるはずです。千覚寺の離れを借りられて一年。はじめは東田という、小さな温泉があるところにおられました。もともとは温泉の客として来られたんだそうです。それがたまたま見かけた病人を助けてやり、それが評判になってだんだん人が押しかけてくるようになった。先生はできるだけ目立たないようにされているんですが、患者のほうが放っておかないんですね。押しかけてくる患者の多くが、先生の話を伝え聞いて、遠くからはるばるやってくるものたちです」

「もとは江戸で開業していたんだろう。むかしのことは、どういうふうに言ってたんだ」

「そうだと思いますが、むかしのことはあんまりおっしゃいません。こんなことを言っていいかどうかわかりませんが、はっきり言って隠してらっしゃいますね」

乙吉はにわかに声を低めた。

「阿片《あへん》とか、キニン（キニーネ）とか、西洋伝来の薬におくわしいところを見ると、オランダ医学の出でしょうね。それがいまは、こういうご時世ですから、大っぴらにできなくなっています。外科と眼科以外の蘭学が禁止になったり、医学書の翻訳が許可制になったり、天保の改革は終わりましたけど、蘭学への風当たりはいっこう弱くなっておりません。わたくしは、ひょっとすると先生は、蛮社《ばんしゃ》の獄《ごく》に係わりがあった方じゃないかと思っております。自分のことはあまり吹《ふい》聴《ちょう》してくれるなとおっしゃってますし、御城下をはじめ、大きな町へお出かけになろうとしないのも、人目をできるだけ避けようとされているからだと思います」

そこまで混み入った話になると、仙造にはわからなかった。蛮社の獄などというむずかしいことばは、そのときはじめて聞いたのだ。

「これまで知らない人がたずねてきたり、遠方から文が届いたりしたことはなかったか」

「わたくしが知るかぎりありません。一度江戸の浄瑠璃《じょうるり》語りという人物が村で興行したことがあるんですけどね。風邪を引いたとかで、先生のところへ薬をもらいに来て、そのとき懐《なつ》かしそうに話しておられたのをおぼえています」

あれこれ聞いてみたが、それ以上のことはわからなかった。そんな立ち入ったことまで、新入りの助手が聞くわけにはいかなかったからだ。

「東田温泉とかいうのは、どこにあるんだ」

「小柳村の川井というところです。宿は一軒しかありません。でもこへ行ったとは考えられません。同じ村の温泉へ行くのに、荷物まで持って行くことはないでしょう」

「隠れただけかもしれない」

「それはむりです。先生のお顔は村中に知られています」

「松之山温泉はどうだ。行きつけの宿があるのか」

「湯治場のいちばん奥にある、まつのやという宿をご贔屓《ひいき》にされてます。松之山ではいちばんよいところです。ほかの宿に行かれたことはないと思いますが、ここへ行くのもどんなものでしょうか。近すぎます」

乙吉の家に着いてからあらたにめしを炊《た》いてもらったので、それを食って、一通り話し終えたときは、もう子《ね》の刻近くになっていた。

「わるいけど、あしたは帰らせてもらう。これ以上残ったところで、おれなんかが役に立つとは思えないんでな」

仙造はあくびをしながら言った。

「きょう先生をたずねてきたふたり、何者だと思われますか」

乙吉が真顔になって聞いてきた。なおあとから千覚寺へたずねてきた、ふたりの侍のことは伝えていない。

「まっとうな侍じゃねえな」

「やっぱり。わたくしもあの目つきが頭に取りついてはなれないんです。あれはどう見ても捕り方とか、そういう人間の目じゃありませんか。蛮社の獄では何人もの蘭医が捕らえられ、獄に入れられたり追放になったりしたと聞きます。ひょっとすると先生も、公儀から手配されている身ではないでしょうか。そう考えると、すべてのつじつまが合ってくるような気がするんです」

「そこまでは考えなくていいだろう」

そう言ったのは、乙吉の心配をすこしでもやわらげてやろうと思ったからだ。

少なくとも半分はちがうと思っている。あれが公儀の差し向けた捕り方なんかであるものか。

かといって、それ以上のことはなにもわからなかった。

4

湯気が立ちのぼっていた。

棚田に取り囲まれた山間に、十軒ばかりの温泉宿が軒《のき》を接して並んでいた。いずれも二階建て、建物の大きさも造りも似たようなものだ。手すりのついた窓際に湯治客の顔と、干してある洗いもの。通りには露店がいくつか。外湯からの帰りだろうか、手拭《てぬぐ》い片手の客の姿も見える。

ただ朝をすぎたせいか、賑《にぎ》わいというほどの人はいなかった。帰るべき客は帰ったが、来るべき客はこれからという時分だ。通りで遊んでいる子どもの声のみやかましかった。

「まつのや」は家並みを通りぬけた先にあった。棚田一枚分、ほかの宿より敷地が高くなっている。それほどあたらしくはなかったが、建物は抜きんでて大きかった。総二階建てで、平入りの真ん中に玄関が構えられている。柱の太さや破風《はふ》を見れば、松之山でいちばんの格式というのがうなずけた。

玄関にはいって声をあげると、前掛けをした三十代の男が出てきた。

「小柳村の道安先生と奥さまですか。はい、いつも手前どもをご贔屓にしていただいております。いえ。今月はまだ、お見えになっておりませんが」

まるで諳《そら》んじているみたいな返事をした。

「ここ以外の、ほかの宿にいらっしゃるってぇことはありませんか」

「それはないと思います。いつも名指しで手前どものところへ来ていただいておりますので。おそらくほかのところへは、お泊まりになったことがないはずです」

「この辺りにある、ほかの温泉へ行ったってことは考えられませんか」

「そういうことは、なんともご返事のしようがありません。この辺りでは、手前どもがいちばんの宿だと思っております。先生がほかのところへ行かれたという話は、まだお聞きしたことがありません」

小袖《こそで》の上に半纏《はんてん》をはおった五十前後の女が出てきた。さっきから男の後でうろうろしていた。

「道安先生が、どこかよそへ湯治に出かけられたんですか」

「そうじゃねえかと思うんだ。きのうたずねて行ったんだが、一足ちがいで間に合わなかった」

「それはお気の毒でございましたの。お名前をお聞かせ願えますか。もしなにかわかるようでしたら、お伝えしておきますが」

「来てねえもんにどうして伝えられるんだ」

「ですから、わかればということですけど」

「名乗るほどのもんじゃねえよ」

そう言ってまつのやを出た。

宿から奥のほうへ向かう道は、細くなって山のなかへつづいていた。こちらはあまり使われていないようだ。

周囲にざっと目を走らせてから引きあげた。

湯治場を出外れ、山をひとつ回ると、なにもない野道になる。仙造はそこから、棚田をのぼる山の道にはいって行った。

上のほうは杉山になっていた。とりあえずてっぺんまであがり、温泉宿のほうへ引き返した。まつのやが見渡せるところまでくると、草むらに腰をおろして待ちはじめた。

ただの勘にすぎなかった。女将《おかみ》風の女がしゃしゃり出てこなかったら、あのまんま引きあげていたことだろう。

それほどは待たされなかった。どうやら勘が当たった。まつのやから若い男がひとり出てきて、道をこちらへやって来たのだ。

絣《かすり》の着物を着ていた。年は二十代。奉公人のひとりだろう。荷のようなものは持っていなかった。

仙造は立ちあがると、山伝いにあとをつけはじめた。

棚田だから目をさえぎるものがなく、下がよく見渡せる。向こうがふつうに歩いている分には、見失うおそれはなかった。いくらか余計に歩かされるだけだ。

豊原峠に向かう街道の手前まできて、男は左に曲がった。山間《やまあい》のせまい道だ。田のあぜ道と変わらなくなってきた。いまのところ、人にはまだ出会っていない。

景色は似たようなものだった。家がさらに少なくなり、山が小高くなって、棚田のひとつひとつが小さくなってきた。道も登りが多くなった。

前方に家が一軒見えてきた。そこらの百姓家と同じ茅葺《かやぶ》きだったが、だいぶ大きかった。ほかは手前に、百姓家が二軒あるだけ。道はどうやらそこで行き止まりだ。

男はその家にはいった。まつのやを出て、およそ半刻《はんとき》たっていた。ほどなく出てきた。そしていまの道を帰って行った。

山の上に腰をおろし、その後もようすを見守っていた。

その家は、そこらの百姓家と比べると屋根の傾きが急だった。妻側を道のほうに向けていた。壁が梁《はり》や束《つか》の木組みを外に出した土壁になっている。軒はそれほど高くなく、二階はあったとしても物置き程度だろう。

家の後の山際《やまぎわ》に、板塀みたいな囲いが見えていた。人影らしいものがちらちらしはじめた。どうやら裸だ。

やっとその家も、温泉宿だったとわかった。人里離れた一軒宿だったのだ。

空を見あげた。そろそろ日が頭の上へこようとしていた。首を振って鼻を鳴らした。うなり声をあげたといってよい。うなり声がもれてしまうほど、おどろき入っていた。いや、あきれていたのである。

ここが何村かは知らなかったが、繁原村の乙吉の家からだと、半里と離れていなかった。小柳村からでも、一里と少々だろう。

声が聞こえた。山の陰から人が現れてきた。だいぶ年取った男女ふた組が、温泉宿に向かって行くところだ。四人ともそれぞれ、一抱えもある荷を背負っていた。

四人が宿のなかへ消えてから腰をあげた。

看板らしいものは出ていなかった。はいった正面の壁に「銀泉」と彫りこんだ板が掲げてある。

腰の曲がったじいさんが出てきた。

何日か厄介になりたいと申し出ると、仙造の風体を見回して、ひとりかとたずねた。そうだと答えると、今日はまだ部屋が空いているが、混んできたら相部屋をしてもらうがいいか、と念を押した。

目が慣れないと、上がり口からつまずきそうな暗い家だった。真ん中に廊下が通り、左右に障子の部屋が並んでいる。手前が台所や帳場。客の部屋は、仕切りの廊下があって、その向こうになっていた。部屋数は片側に五つずつ。

光は入口の大戸と、廊下の奥の天窓、その下の明かり取り障子からはいってくるだけだ。部屋にも跳ねあげ戸が設けられていたが、軒が低いので、いっぱいに開けてもそれほど明るくはならなかった。

仙造が通された部屋は、右側のいちばん手前。造りが同じだからそれほど差はないにしても、入口に近いから台所や帳場のやりとりがそのまま聞こえた。どたどたと出入りする足音。どうやらいちばんわるい部屋をあてがわれたらしい。

部屋の大きさは八畳だった。それに物を置く板張りの床が、窓側についている。手前の壁は板壁だったが、隣部屋との境は襖《ふすま》一枚だった。いまのところ、隣の部屋は空いているようだ。

仙造よりも力のありそうな大きな女中が、布団《ふとん》とたばこ盆をいっぺんに運んできた。

「湯は廊下の奥ら。中が内湯で、外が外湯らてば。床がすべるから気いつけなせ」

「湯船はひとつか」

と聞くとけげんそうな顔をした。

「ふたつも三つもいるこてさ」

「男湯と女湯とが分かれてねえのかと聞いてるんだ」

「男湯と女湯とどんげして分けるの」

ひどい訛《なま》りといらだった江戸ことばのやりとりがあり、最後は女が牛みたいな歯茎を見せて笑いとばした。江戸の銭湯は男女別になっているという話が、信じられなかったらしい。

めしは六つ。部屋まで運んでくれる。

とりあえず落ちついた。ときどき笑い声や話し声が聞こえてくるが、いまのところ部屋は半分も埋まっていないようだ。斜め向かいの部屋からはいびきがもれていた。

障子をすこし開け、斜めになってようすをうかがっていた。そのうえで湯へ向かった。

はじめに内湯をのぞいた。髷《まげ》のない老人が湯船につかっていた。

外湯へ行った。

濁った湯だった。硫黄《いおう》の臭《にお》いがした。

頭がふたつ浮かんでいた。男と女だ。むこう向きになり、山際に浮かんでいる雲を見あげていた。

その後へはいって行った。すると男が振り向いた。

「おや、やはりあなたでしたか。思わぬところでお会いしましたな」

道安が顔をほころばせて言った。すこしもわるびれていなかった。かたわらにいたのはりくだ。ふりむくと、にっこりほほえんだ。こっちも平然としていた。胸元の色の白いこと。

「まつのやさんから知らせをもらいました。あそこの女将、じつはここから嫁に行ってるんです。それでここも、その縁で教えてもらいました」

「あっしのことを、どういうふうに知らせてきたんですか」

「正体のしれない、うさん臭い人間がたずねてきたと言いました。いろいろ聞いてみると、どうもあなたじゃないかと思えましてね」

「あっしでなかったら、どうなすっていたんです」

「さあ。こんなにのんびりと、湯にはつかってられなかったでしょうね」

「うまくやりすごしたつもりでしょうが、いずれここも嗅《か》ぎつけられますよ。四人来ました。そのうちのふたりは、ただの追っ手じゃありません。あなたを狩り出すためにやってきた猟犬です」

「どうりで。このまえのときも一日差だったんです。今回はあなたのお陰で半分の日数に縮められたから、もうすこし余裕があるかと思ったんですけど」

「じつはそれで気が咎《とが》め、帰るに帰れなくなって、こうやって引き返してきたんでさ。ほんとのことを言いますと、あと五日は早く届けられたんです。新潟に行くとき、寄り道していればの話ですけどね。それを後回しにして、新潟へ先に行った。そこで、思わぬ手間を取らされまして、三日むだにしてしまいました。つごう五日。それで追いつかれてしまったんです」

「どうして後回しにされたんですか」

「金を運んでいたからです。一日やそこらですむ寄り道とはいえ、八百両もの金を胴巻きへくくりつけて、知らねえ土地をうろつくのがいやだったんでさ。あっしの仲間にゃそれで命を落としたものだっておりやす。それでつい、こっちは帰りでもいいだろうと、勝手に順序を変えたんです。だからもとはといえば、あっしがわるい。あと五日早くお届けしていたら、こんなにばたばたしなくてよかったと思います」

「それを言われると、わたくしのほうもつらいな。三島屋に手が回っていることはわかっていたんです。わかっていながら、注文を出した。いままでなんとかなったから、今度もなるだろうと高をくくってました。ほんとはどこへ行っても、なにもしないで、じっとしているのがいちばんいいんです。それができない。難儀している人を見ると、つい放っておけなくなる。気がつくと、いつの間にか医者にもどってました。磐城《いわき》、会津、越後と転々としてきましたが、どこでも同じです。ただ実際に来てみるまでは、これほどと思いませんでした。よくその躰《からだ》でと思うような病人が、何日もかけてはるばる頼ってくる。それを治してやれない情けなさ。いつまでたっても足を洗えないのです」

「追っ手はどういう連中ですか」

「おそらく、わたくしどもを殺せと命令されているんでしょう。殺して得をするようなことじゃないんですけどね。ただの面目です。世間体。生きていくうえで、それがいちばん大事という人たちが、いまでもいるということです。ただ、潮時といえば潮時でした。これまでどこへ行っても、二年ぐらいでよそへ移ってましたのでね。それで今回も、薬を受けとったらすぐ、つぎのところへ移ろうと、はじめから考えていました」

「高田のほうへ行くとおっしゃったのは、はじめはそのつもりだったんですか」

「いや、これも申し訳ない。はじめからごまかすつもりで、嘘《うそ》をつきました。どこへ行っても、最後は恩になった人々に、後足で砂を引っかけるようなことをしております」

「乙吉がきのう一日、あっちを走りまわっていました。柿崎まで行ったそうです」

「それはつらいな。あの子には申し訳ないことをした。いい若者です。熱心で、呑《の》みこみも早い。なによりも人を助けることに生き甲斐《がい》を見《み》出《いだ》している。できたら自分の持っているものを、全部伝えてやりたかったんですけどね」

さすがにこのときは顔をくもらせた。たしかに、回りのものすべてを欺《あざむ》くくらい用心深くないと、ここまで生きのびられなかったかもしれないのだ。

「四人来たとおっしゃいましたが、あとのふたりはどのようなものでしたか」

りくが言った。

「あいにく、顔は見ておりません。あっしが見かけたときは、編笠《あみがさ》をかぶって小柳村へ向かうところでした。ふたりとも二本差しの、れっきとした侍です。そのあと千覚寺へ寄って、おふたりの行き先をたずねたそうです。そのときは笠も取っていました。甚平が相手をしたそうですが、ひとりは二十そこそこの若侍だったそうです。もうひとりは躰の大きな四十代の男。これは、家来じゃないかと思いました」

りくは黙ってうなずいた。とくに変わった態度でもなかった。

「ごらんの通り、ここはなんにもないところなので、ここなら何日かは安全だと思ったんですけどね。ところが来た途端、道安先生って声をかけられましてね。とんでもない思惑ちがいでした」

以前診てやったことのある百姓だったという。本人はきょう帰って行ったが、ここで出会ったことは口外しないでくれと、わざわざ頼むしかなかった。

あすは発《た》つつもりです。

湯からあがるとき、道安は言った。

「行き先のあてはあるんですね」

「あります」

「どうかご無事で。それを聞くとあっしも安心して江戸へ帰れます」

方向が同じなら途中までお送りしましょうと仙造は申し出た。

5

「まつのやさんから聞いてきました。道安先生はいらっしゃいますか」

突然聞こえてきた声に耳を疑った。支度をすませ、あとは部屋から出て、草鞋《わらじ》をはくだけというときだった。

「乙吉」

仙造は脇差《わきざ》しをつかんで飛びだした。

「あ、仙造さん」

乙吉がうれしそうな声をはりあげた。

「やっぱりこちらへいらっしゃったんですね。まつのやさんで、先ほどもひとり、同じことを聞きにきた客がいたというから、ひょっとしたらそうじゃないかと思ったんです」

きのうも一日、手がかりを求めて探し回っていたということだろうか。思いあまって、最後にまつのやをたずねた、ということだろう。たしかにそれしか思いつけないのだ。

だが、無邪気すぎる。不用心すぎる。

「途中でだれかに会わなかったか」

宿のものがいた手前、できるだけさりげなくたずねた。

仙造の目つきを見て、乙吉は顔をこわばらせた。

「いいえ。ここから帰って行く小田村の百姓に会っただけですが」

「先生は奥の部屋だ。行って荷をまとめるお手伝いをしろ。そしてすぐにも、出かけられる用意をして待ってろ。おれが帰ってくるまで待ってるんだ。それまでここからは一歩も出るな」

いきなり着物を脱ぎながら言った。

「ここを出るときは、裏から出る。おまえが荷物を持つんだ。家のなかで草鞋をはき、いつでも飛び出せる恰好《かっこう》をして待ってろ」

脱いだ着物を裏返しにしてまた着こんだ。帯をつよく締め、尻《しり》っぱしょりをした。それから口を開けて見ている宿のものに言った。

「破《や》れ笠でいいが、ひとつ恵んでくれんか。できたら深いものがいい」

乙吉まであっけにとられていたが、わけを明かしている間はない。

大急ぎで草鞋の紐《ひも》をむすんだ。

客の忘れものだという饅頭笠《まんじゅう》をもらい、頭にくくりつけた。脇差しを腰へ。

乙吉に行けと奥へうながし、すぐさま銀泉を飛びだした。

どこか近くで見はっている目が、きっとあるはずなのだ。きのう仙造がしたことと同じ。まつのやへ先にきたという男が、追っ手であることはまちがいなかった。

乙吉を責めるつもりはなかった。やつはなにも知らない。自分が追っ手を引き連れてやって来たとは、夢にも思わなかったことだろう。そういう頭の使い方をしたことがそもそもないのだ。

顔を伏せ、先を急ぐふりをしながらも、いつもとちがう歩き方をしようと気を配った。脇差しも深く差し、懐手《ふところで》して、別人に見せかけなければならない。

きのう、すれちがっている。お互いのうさんくささは、双方とも一目で嗅ぎ分けた。その姿は、あのとき目に焼きつけていたはずなのだ。着物をひっくり返したぐらいで、ごまかせるはずはなかった。少なくとも近くだったら。だが遠目だったら、あるいは見誤ってくれるかもしれない。そう願っての変装だ。

根《こん》をつめて、同じ歩き方をつづけた。山裾《やますそ》をひとつ回ったが、念を入れてさらに先まですすんだ。

小さなお宮があった。石段が二十段ほど。杉木立のなかに小さな社殿が見える。

石段を駆けのぼった。猿田彦《さるたひこ》神社とある。拝殿の前で着物を着なおした。笠はそのまま。

つぎは自分の隠れ場所。今度はこっちが隠れて、相手を見張る番なのだ。

なにか聞こえた。銀泉とは反対の、左の方角からだ。

さらにもう一回。

笛のような音だ。それもきわめて短い、鋭い音。空気を切り裂く音といってよかった。

耳をすませたが、あとがなかった。仙造はお宮の裏の木立をのぼって行き、杉の木の後を居場所に定めた。笠は邪魔になるとわかり、ここで捨てた。

また聞こえた。今度ははっきり。しかもまえより近いところからだ。

指笛ではないか。

呼び交わしたり、合図したりするとき吹く笛だ。仙造はできないのだが、口のなかに親指と人差し指を曲げ入れて吹くと、あのような鋭い音が出る。その音は、ふつうの声ではとどかない遠いところまでひびく。

その音が大きくなったということは、こちらへ向かって来つつあるということだ。

あわてて場所を替えようとしたときだ。

今度は右手から、同じ音がひびいた。風切り音のような小さな音。

さらにまた左から。今度は長く吹き鳴らされた。

また右。いまの音にこたえた、同じような長い響き。

聞きつけたという合図だ。

仙造はさらに一回り後の木立へ場所を替えた。

足音はまったく聞こえなかった。

いきなり人影が見えた。お宮の下で、止まっていた。山裾が笹《ささ》になっているため、姿がよく見えなかった。左から現れたような気がする。

しばらく間があった。

「ここがいいだろう」

今度は声が聞こえた。それに答えたくぐもった声。すでに落ち合っていたのだ。

石段をあがってきた。木の後から顔を出し、一瞬姿を見とどけた。きのうのふたりにまちがいなかった。

「突きとめたか」

「先に、食わせろ」

不機嫌そうな声が答えた。包みをほどく音がし、ひとりががつがつ食いはじめた。喉《のど》をつまらせる音や、落ちつけという声が聞こえた。

「落ちつけるか。きのうの午《ひる》から、なんにも食ってねえんだぞ。飲まず食わずで走り回らされ、それでいて一日に二回は知らせを寄こせだの、自分たちの姿はできるだけ人目にさらすなだの、勝手なことばかりほざきやがる。くそったれが。おれの背中に羽が生えてるとでも思ってやがるのか」

「辛抱しろ。あのふたりだって、夜中まで飲まず食わずで走り回っていたんだ。それで、突きとめたのか」

「突きとめた。やろう、こんな目と鼻の先に潜りこんでやがった」

「おれたちの抜かりだ。やつはやつで、逃げ慣れてたってことよ。そのたびに賢くなってやがった。それで、どんなようすだ」

「温泉宿らしい。一軒宿だ。どん詰まりの山裾にあって、周囲は田圃《たんぼ》ばっかり。ただし宿には湯治客がいるみたいだから、乗りこむのはむりだ。出てくるのを待つしかねえだろう」

「では引きつづき見張っててくれ。おれは知らせてくる」

「どれくらいかかるんだ」

「なに、繁原村というところだ。ほんの半里よ。ただし、ここへ来るまでのようすだと、手を出せるところは案外ない。どこまで行っても、人間が住んでやがる。つぎのところへ逃げて行く途中で、出て行くほかねえだろう」

「それより今度は、めしを少なくとも二食分は用意してくれよな」

「一回に全部食うなと言ってるんだ」

「少なすぎるんだ」

仙造は足音を殺してそこから離れた。木を伝って、上のほうへあがって行った。

だみ声が聞こえてきたので足を止めた。

「勝手なことをするんじゃねえぞ。信用をなくしたら、おれたちの帰るところがなくなるんだ」

「そんなこと言ったって、御大将は、手立ては問わねえ、とにかく首を持ってこいと言ったじゃないか。主人みたいな口をきいてやがるけど、あいつはただの家来だぞ。あいつが金を出してくれるわけじゃねえ。おれは百両首ひとつで引きさがるつもりはねえからな。五十両首のほうも必ず持って帰る」

「だからそいつを、向こうが望むかたちで仕遂げなきゃ虻蜂《あぶはち》取らずになっちまうんだよ。金がもらえるかどうかは、あのじじいのことばひとつにかかってるんだ」

駆けだした。

息をはずませ、唇をふるわせながら銀泉へ駆けもどった。血がたぎったみたいに躰が熱くなっていた。得体の知れなかった追っ手の正体が、おぼろげながらわかってきたのだ。

素破《すっぱ》くずれということばを聞いたことがある。野伏《のぶせり》や夜盗と同じようなものだが、それよりもっと始末のわるいやつら。自らはなにもしない。雇われたらなんでもする。金のためにするということで、金次第でなんでもやれば、どちらにでもつく。世のなかでもいちばん信用できないやつらだ。

いまの世にもそんな連中がいるとは知らなかった。話だけで、あとは尾ひれがついて、大袈裟《おおげさ》に伝えられているんだろうと思っていた。素破ということばそのものが、いまでは死語になっているのだ。

銀泉にもどると、草鞋をぬぐ間もなく、奥へ呼びかけた。

すぐに乙吉が飛びだしてきた。つづいて道安とりく。

支度はすべてととのっていた。三人とも座敷であたらしい草履をはいていた。柳行李《やなぎごうり》ふたつは乙吉が振り分けにして肩へ。りくは女ものの脚絆《きゃはん》、道安は足下が股引《ももひき》。上には十徳《じっとく》をはおっている。これは医者の正装のようなものだ。

銀泉の裏へあがって行く道に向かった。ただの踏み分け道だ。それもあまり使われていない。田や山の仕事をするものが使うくらいの小道。これを一列になってのぼって行った。

先導が乙吉。つづいてりく、道安、最後が仙造。

三人ともさっきからしきりに仙造のほうへ目を向けてくる。どういうことになっているのか、ことの次第を聞きたいのだ。そのつど仙造はかぶりを振った。いまはそんな話をしている間などない。

棚田が終わると、あとは雑木山となった。ところどころ杉山があるものの、多くは雑木林だ。秋を迎えて森は紅葉しており、葉が落ちはじめて山は明るかった。その分見つかりやすい。

「どこへ向かうか、決まりましたか」

道が平坦《へいたん》になったところで、道安にたずねた。

「秋山郷というところに、久七という猟師がおります。以前病気の母親を背負って、はるばる診てもらいに来たことがあって、その恩に報いたがっています。昨日までは、その男を頼って行くつもりだったんです。しかし乙吉によると、あそこはだれにも知られず隠れているならともかく、追われて逃げこむには、あまりいいところじゃないそうです。見つかったら、それ以上逃げるところがないとかで。袋小路みたいなところなんだそうです」

「それで思い出したんですが、うちへ奉公に来ている方作という男の実家が、この先の峰山というところにあります。とりあえず、そこを目ざしたらどうでしょうか」

話を聞きつけた乙吉が振りかえって言った。

「どの辺だ」

「信濃川を渡って、二里ぐらい登ったところです。ここからだと、まだ五里はあると思います。松之山からの豊原峠越えだともっと近いんですけどね。こっちからだと、だいぶ遠回りになります」

「じゃとりあえず、そこへ向かおう。豊原峠のつぎの峠はどこだ」

「雁《がん》ヶ峰《みね》峠になります。間もなく見えてくるはずです」

棚田がひろがっているあたりは、山が低くて、上り下りもそれほどつらくなかった。だが一里も行ったあたりから、風景が変わった。山が険しくなり、杉山がふえて、周囲の見通しもきかなくなった。前方に壁のような山が立ちはだかってきた。あの山を越えた先が信濃川だという。

あそこが雁ヶ峰峠です、と乙吉が指さした。山の峰がすこし低くなっている。

「こっちは？」

仙造はその左に見える同じような窪《くぼ》みを指さした。

「あれですか。知りません。いまは使われなくなった道かもしれません」

峠越えの道にも盛衰があって、それはおりたところの里の事情によるという。信濃川に大水が出て流れが変わり、部落や渡しの位置が変わってしまうと、道もおのずと変わらざるを得ないのだ。

道がふたつに分かれた。左のほうへのびているのは、かろうじて見分けられる程度の細道だ。いまではほとんど顧みられていないとみえ、古くなった蜘蛛《くも》の巣がいくつもかかっていた。

「この道は」

「知りません。こっちのほうまでは来たことがありませんので」

「さっき見えた、もうひとつの峠のほうへ向かってるぞ」

「むりやり行けば、行けなくはないと思います。その代わり難路ですよ。顔や手足を引っ掻《か》かれたり、着物を破られたりする覚悟がいると思います」

「気に入った。こっちにしよう」

仙造は左を指さした。

「敵の裏を搔くとしたら、こういう道を行かなきゃならんのです。そこは遠回りして、蜘蛛の巣を避けて回ってくだせえ」

案の定ひどい道だった。ほとんど見捨てられていたうえ、一夏がすぎている。ことによったら二夏も三夏もすぎていたかもしれない。草も木ものび放題なのだ。這《は》ってすすむのがいちばん楽、というような藪《やぶ》まであった。

それでも下りはまだよかった。上りになると、まったく手がかりがなくなった。

それで仙造が先に立った。こういう山道に、いちばん慣れていたからだ。仙造にしてみたらそれほど悪路というわけでもなかった。でたらめなところを通っているのではないのだ。一度は使われていた。そういうところは必ず通れるのである。

しかし後にはしょっちゅう手をのばし、りくや道安を引きあげてやった。休みも頻繁にとって、ふたりの疲れには目を光らせた。いちばん気がかりだったのはりくの足だが、これが意外にも案じたほどではなかった。

むしろ道安より達者だった。上り坂そのものを苦にしなかったのだ。平らなところとは、足の運びがちがうということだろうか。その点では道安の息切れのほうがはるかに目立った。りくからときどきいたわられたくらいなのだ。

木立のなかをすすみ、途中のながめがなかったので、どこを通っているのかすこしもわからなかった。

気がつくと頂上に到着していた。

木の葉越しに下を流れている川が見えた。どうやら信濃川らしいが、するとこ頂上に着いたのかと、はじめてわかった。

三人を休ませている間に、仙造はそこらのようすを見に行った。やや下へくだったところに大きな岩があった。

上に立つと、信濃川と周辺の地形がよく見渡せた。川のこちら岸についている十日町街道や、そこを行く旅人の、豆粒のような姿まで見える。

心地よい風が吹いていたので、三人を呼びよせた。

見回すと、ひとつとして無傷の顔がなかった。どの顔にも引っ掻き傷があり、血をにじませた跡が縦横に走っている。

「腹が減った。ここで中食《ちゆうじき》にしようか」

日差しを見あげて道安が言った。

「まだです」

仙造がきびしい声で言った。

「つぎはいつ食えるかわかりません。ぎりぎりのところまで我慢してくだせえ」

その声が尻《しり》すぼみになった。下の一点に目が止まったからだ。

左から右へ動いている豆粒。人間。その動き。

「どうしたんですか」

仙造を見て乙吉が声をひそめた。

「先回りしやがった」

仙造がうめき声をあげた。

「敵ですか」

道安とりくも寄ってきた。だが豆粒はあまりにも小さすぎ、三人にはそれが人間だということぐらいしかわからなかった。男か女かすら見分けられないのだ。

「敵は後からくるんじゃなかったかね」

「抜かりやした」

仙造は口惜《くや》しそうに言った。

「それくらいは、考えておかなきゃいけなかったんだ。これまでのやり口を見てたらな」

「遠いけど、まちがいないんだね」

「まちがいねえです。先回りされました。あれが年をくったほうの狼《おおかみ》。後からくるのが若いほうの虎《とら》」

「こちらの動きを見破られていた、ということですか」

りくが言った。

「お教えしている間がなかったので、はじめて申しますが、今回やってきたのは、いままでとはちがう連中です。人間の顔をした猟犬。人狩りを商売にしているやつらなんです。そのむかし、乱世の時代に生まれてきた鬼っ子と思ってくだせえ。話には聞いてましたが、目にしたのははじめてです」

三人とも黙りこんだ。

「ひとりが後から追い立て、ひとりが先回りして待ち受ける。それが、やつらの狩りのやり方です。どれくらいの合図ができるのか知りませんが、声がとどかない遠くまで、指笛で知らせることだってできます」

親指と人差し指を輪にして口のなかへ入れ、吹く真似《まね》をしてみせた。

下の豆粒は見えなくなった。

「考えを変えることにしやしょう」

素早く決断すると仙造は言った。

「こうなったら、ばらばらになったほうがよいと思うんでさ。おふたりと、われわれと、それぞれわかれわかれになりましょう。おふたりには、はじめに考えてらした秋山郷へ逃げこんでいただきます。ただし渡し船は使えません。夜になったらあっしが船を盗んできますので、それまで山のどこかに、隠れててください。それから乙吉は、わりいけどここから繁原へ帰ってくれ。荷物を持って行き、おれが呼びに行くまで家で待っててくれ。よろしいですか。不満はあるかもしれませんが、ここはおれの考えにしたがってもらいてえんです。とにかく下手に動いたら、やつらに嗅《か》ぎつけられます。ここは二、三日、あるいは三、四日、巣穴に籠《こ》もって、なにもしないでじっとしているのがいちばんです」

「しかし船を盗むって……近くに橋はないのかね」

「この辺りでは、十日町か飯山《いいやま》まで行かないと、橋はないはずです。だが考えようによっちゃあ、そのほうがよかったんでさ。川を渡ったことを、さとられずにすむからです。きのう、渡し船から子どもが落ちて、行方がわからなくなる騒ぎがありました。あっしはそのとき岸にいたんでさ。村人が小舟を出してきて、手分けして探すところを見てました。舟がどこに隠してあるか、そのとき知ったんです」

ふたたび集まるときの手はずを整えると、そこで午《ひる》めしにした。

そのあと短い別れのことばをかわし、はじめに乙吉が去った。柳行李を背負って、さっきのぼってきた道をまたおりて行ったのだ。

仙造と道安、りくの三人が腰をあげたのは、八つになってからだった。

乙吉がおりたころを見はからって腰をあげたことになる。

「こっちです」

仙造がふたりに指したのは、いま乙吉がくだっていったのと同じ道だった。

道安がびっくりして、川の向こうを指さそうとした。

「こっちでいいんです」

仙造は道安には目もくれず言った。

「秋山郷には行きません。銀泉にもどっていただきます」

言いすてると、先に立ってくだりはじめた。

6

山のなかにひそみ、銀泉に出入りする人の動きを一刻以上見張っていた。日が暮れてから仙造が掛合に行き、部屋の用意ができてからふたりを招き入れた。

三人が隠れた部屋は、帳場の上にある物置だった。天井が低くて、柱と梁《はり》が剝《む》きだし。長持ちや木箱、家具調度がところ狭しと押しこんであったところだ。その窓際《まどぎわ》を片づけて、三人の居場所をつくってもらった。

建物でいえば、入ったところのすぐ上になる。小窓が設けてあって、そこから表を見張ることができた。銀泉にやってくるものは、二町先から丸見えとなってしまうのだ。

まる二日間、そこにひそんでいた。

その間湯治客と、買い出しに行った宿のもの、野菜を持ち込んできた数人の百姓が出入りしたくらい。三人のことは、宿のかぎられたものしか知らなかった。

出立するまえの日の夜中、湯へはいりに行った。

九月にはいって夜気の冷たさがましていた。ここの湯はやや温《ぬる》めなので、冬は外湯が使えなくなる。あと一ヶ月もすると、湯が抜かれてしまうとか。

先客がいた。りくだった。

「先生は」

「寝ております」

昨夜もりくが、夜中に起きだして湯へ行くのを、うつらうつらしながら聞いていた。仙造もそのあとで行ったからだ。ふたりとも温泉が好きだった。

そろそろ八つが近い時分だった。すでに月は消え、星空に変わっていた。落ちたばかりの枯葉がいくつか浮かんでいた。かたわらに紅葉《もみじ》の木があるのだ。

「ずっと、気になっていたんですけど」

りくが振りかえって言った。

「乙吉に嘘《うそ》を言ったのは、ここを知られたくなかったからですか」

仙造はだいぶ黙っていた。

「べつに言い訳をするつもりはありませんが、これはおれたちのほうの分がわるい鬼ごっこだと思ってくだせえ。向こうがどこへ逃げるだろうかと考えたとき、だれもが思いつくところへ逃げてたら、いずれ捕まります。今回来ているふたりは、一日二十里や三十里は平気で飛び回れる連中なんです。すこしでも疑わしいと思ったら、片っ端から調べて回る足と性根を持っておりやす。そういうやつをあざむこうとしたら、まっとうなことを考えてたんじゃだめでやしょう」

「でもあした、というより今朝出立するのは？」

「ひとつところにいられるのは、二日までだろうと思うからです」

「すると追っ手の四人は、まだここらにいると考えてるんですね」

「われわれが一日に五、六里しか歩けないのを知っている以上、ほかへ行くわけがないですよ」

「なんとなくですけど、わたくし、ひょっとしたら、これが最後の旅になるんじゃないか、という気がしているんです。最後の旅というのもちょっとおかしな言い方ですけど、これから先は、これまでとすこしちがってくるんじゃないかと」

「どっかへ腰を落ちつけるということですか」

「わかりません。知らない土地へ行くのは、嫌いじゃないんですけどね」

あたらしい客がはいってきたので、話は途切れた。おどろいたことに、道安だった。目がさめたらふたりがいなかったので、湯だと思って追ってきたという。

「よく眠れなかったんだ。すこし早いかもしれないが、躰《からだ》が温まったら出かけようか」

そのあといきなり、思いだしたみたいに言った。

「乙吉を連れて行ってやらないのはかわいそうだけど」

というわけで七つまえに銀泉を出ることになった。

足下がおぼつかない暗さだったが、提灯《ちょうちん》は使えない。一度往復している勘を頼りの夜道となった。

ただ今回は、山をひとつ越すとあとは平地へおりた。人目のある時刻ではなかったし、夜が明けるまでにできるだけ遠ざかっておきたかったからだ。

向かったのは西の方角。五つには西倉という村にはいった。そこからが榊原領である。

今回も仙造が先に立った。ときどきは止まってすこし休ませてやったが、おおかたはむりやり歩かせた。前を行くと、りくの姿を見なくてよいから、まだしも心を鬼にすることができるのだ。

きょうじゅうに信濃入りし、飯山まで行くつもりだった。

つぎの中休みをとったとき、そのことをはじめてふたりに打ち明けた。峠越えがあるうえ、道程だって十里以上あるかもしれない。しかしきょうが正念場だから、我慢してもらえないかと。

「それも策のひとつですか」

「はい。一日五里か六里しか歩けないと思っている敵をあざむくには、最良の策です」

やってみましょう、とりくは答えた。すこしつらそうな目をしていた。

棚田のひろがる風景は榊原領でも変わらなかった。むしろ地形がなだらかになり、眺望がひろがってきて歩きやすくなった。ところによっては一里先二里先まで見通せる。

「どうやらぁの山の向こうみたいです」

まだ三里くらいありそうな前方に、紫色の山がかすんでいた。その手前まではゆるやかなのぼりで、ところどころ道らしいものまで見えている。人目につきたくない身としては、あまりありがたくない見通しだった。

東頸城郡《ひがしくびき》の及川という村にはいった。火の見櫓《やぐら》があって、天満宮《てんまんぐう》の横を通りかかった。

女がひとり、お百度参りでもしているのか、手を合わせて、同じところを行ったり来たりしていた。

それがなにかの拍子に顔をあげて、こっちを見た。

その途端、女の顔がどす黒くふくれあがり、目が飛びださんばかりの大きさになった。

「道安先生ぇ！」

金切り声をあげると走り寄ってきた。

「道安先生。奥さま。下柳のとこの、かつでございます。お願いでございます。おきくを……うちのおきくを、診てやってくださいませ。どうか、どうか、お願いいたします。この通り、お願いでございます」

ふたりの前へひれ伏すなり、わめくような叫び声をあげた。躰を投げだし、泣き叫んで、身もだえせんばかり。必死の体だが、その顔は喜色にもあふれていた。道安と出会ったことを、天にも昇らんばかりの心地でよろこんでいるのだ。

「おかっさんか」

道安もびっくりしていた。

「あなた、こんなところにいらしたの。おきくって、おきく坊のことですか」

りくが腰をかがめて、女を立たせようとした。粗末な身なりをした、ただの百姓女だ。年は若く、まだ二十代の半ばくらいだろうか。

女は顔中を泥だらけにしてわめいていた。天神さまのお導きだとかなんとか、わけのわからないことを口走った。われを忘れているうえ、村ことばになっているから、仙造にはほとんどわからなかった。

それでも道安とのやりとりを聞いているうち、だんだんわかってきた。おきくというかつの子どもが病気で、高い熱を出して苦しんでいるというのだ。

かつという女は、小柳村の出身らしかった。その縁でこれまでにも、わが子の病気のときは、道安のところで診てもらっていた。きのうもわが子を背負って、道安のところへはるばるたずねて行ったのだとか。ところが道安はいなかった。お寺でたずねても、いつ帰ってくるかわからないという返事。

泣き泣きわが家へ帰った。子の病気はますます重くなる。あとは神仏にすがるしかなかった。

すると、なんということだ。神が願いを聞きとどけてくれたのか、当の道安が目の前を通りかかったのだ。夢かと思った。これではわれを忘れるくらい取り乱したとしてもむりはなかろう。

わかった、わかった、旅先だからなにもできないかもしれないが、どんな具合か、とにかく診てあげよう、と道安が言いはじめた。

仙造は渋い顔になった。

飯山へは夕方までに着きたかったのだ。いまのところ、もっとも安心できるところというと、城下町しかなかった。人目が多くて治安のよい城下町なら、不意を襲われる恐れもそれだけ少なくなる。だからなんとしても、日没までに飯山入りしたかったのだ。

「おかつといって、小柳村にいた子なんです。嫁入り先は榊原領と聞いてましたけど、こんなところだとは知りませんでした。おきくというう子の、はしかの手当をしてやったこともあります。こうなったら、手を振り切って行ってしまうわけにいかないでしょう」

りくがこれまでのことを話してくれた。

かつの家は、天満宮から五、六町行った上林というところにあった。村の中心からはやや外れた、棚田と林の多いところだ。全部で十一軒あるということだったが、かつの家からは二軒しか見えなかった。林のなかの一軒家だった。茅葺《かやぶ》きだったが屋根に千木《ちぎ》を載せた曲がり屋で、母屋《おもや》以外に別棟の物置まで持つ、ここらでは富農にはいりそうな本百姓だ。

母屋の納屋《なや》では牛が飼われていて、姑《しゅうとめ》らしいばあさんが刈ってきた草を与えていた。

おきくは七つ。行ったとき、囲炉裏脇《いろりわき》の小部屋で寝かされていた。

道安はおきくをべつの部屋に移すよう命じた。

高熱がある以上、ほかのものにうつるかもしれないおそれを、まず避けようとしたのだ。

道安が声をかけると、女の子は弱々しい声で泣きはじめた。

「はい、はい、はい。苦しいかい。うん、うん、わかった、おきく坊。先生がきたから、もう大丈夫だからね。はい、ちょっとお口を開けてごらん」

奥の部屋から、あやしている道安の声が聞こえてきた。りくもついて行ったから、仙造はひとり残された。

外へ出ようとしたとき、血相を変えた若い男が駆けこんできた。腕に四、五歳くらいの男の子を抱きかかえていた。

「正助が熱を出した！」

ばあさんがおろおろして奥へすっ飛んでいった。男はかつの亭主の正作だったのだ。

男の子まで熱を出したことで、外で働いていた家の者全員が帰ってきた。

高見屋という屋号を持つこの家の主《あるじ》は正市といい、五十代の半ば、という年にしてはもう腰が曲がりかけていた。正作は長男でかつが嫁。ふたりの子どもがおきくと正助。それに正市の妻と七十五になる母親、まだ嫁に行っていない正作の妹ふたりという九人家族だった。

下の子まで病に倒れたことで、一家全員がその手当に追われはじめた。それに客が三人もやって来たのだ。仕事どころではなくなってしまった。

仙造も湯茶を出されたあと、どうぞ上へおあがりくださいと言われたが、断って草鞋《わらじ》をぬがなかった。

その代わり隣の物置で腰をおろさせてもらった。

物置というより、造りをみると、むかしだれか住んでいた離れのあとだった。住人がいなくなってだいぶたつとみえ、戸も壁も隙間《すきま》だらけになって、いまでは物置として使われていた。

仙造はなかにはいって戸を閉め、割れ目から外を見張りはじめた。

銀泉でつくらせてきた午《ひる》めしもここで食った。

半刻《はんとき》はやむを得まいと思っていたが、半刻が一刻になっても、道安は出てくるようすがない。

代わってりくがやってきた。

「すぐは動けないみたいです」

「なんの病気だったんですか」

「それが、わからないの。とにかく高い熱がつづいて、いまでは男の子も同じになってしまいました。疱瘡《ほうそう》をいちばん心配したんですけど、それではないらしくて」

「すると、まだ、だいぶかかると」

「ふたりの子が苦しんでいるんです。それを見捨てて行けますか」

ことばはともかく、りくはすまなさそうに言った。

「わかりやした。どうするかお聞きしたかっただけで、催促したわけじゃございません。これからそのつもりで先のことを考えます」

りくがもどると、物置から出た。周囲をぐるっとひとまわりし、高見屋の位置、地形、道のつき方、山ひとつ後を流れている川など、すべてを頭に入れてきた。

帰ってくると、正作が待っていた。二十七、八になるだろうか。顔立ちのよい、分別のありそうな男だ。

「道安先生がお呼びでございますが」

すまなさそうに言った。仙造は正作の顔をじろっと見あげた。正作は目を伏せた。

家の前方に目をやり、両手で自分の頰をばちっと叩《たた》いて、仙造は家のなかへはいって行った。

道安の用というのがなんなのか、もうわかっていたのだ。

「乙吉に預けてある薬が欲しいんだ」

道安も道安ですまなさそうに言った。

仙造は無慈悲な顔になってかぶりを振った。

「熱さましがどうしても入用なのだ。せっかくいい薬を取りよせたのに、いま使わなくていつ使うんだね」

「あっしは使い走りじゃござんせん。いまがどういうときか考えたら、とてもそんなことは、言えないと思いますがね」

隣の部屋で聞いていた正作が出てきて平伏した。

「使い走りでしたら、あたくしにやらせてくだせえ」

「そんな話じゃねえんだ。気持ちはわかるが、ここはひっこんでてくれ。しかし、先生も先生だ。言いだしたからにゃ、引かねえでしょう。……わかりやした。行ってきやすよ。ただし、日が暮れるまで待ってくだせえ。六つになったら出かけ、今夜のうちに帰って来ます」

六つまえにめしを食わせてもらい、夜食の握りめしまでつけてもらって、仙造は高見屋を出た。

夕飯に出たのは白めしだった。握りめしも同じ。白米だけのめしというものが、ここらの百姓にとってどういうときの食いものか、よくわかっていた。

わかっていながら、呪《のろ》いの声をあげざるを得なかった。こんなことで白米を食わしてもらう、ことの次第にだ。

空にまで当たり散らした。

「くそっ。来たときは新月だったんだぞ。それがもう上弦の月になりやがった」

街道を行った。山を行こうが、道を行こうが、あぶないことに変わりはない。気づかれるときは同じだ。だったらまだしも早く行ける道を選ぶまで。あとは運まかせだった。

五つごろ繁原村にはいった。

ざわついていた。何人もの人間とすれちがった。百姓ならもうとっくに寝ている時刻なのだ。それが通りには人の影さえ見られた。

明かりがついていた。提灯だ。長屋門の前に掲げられた高張り提灯。人が出入りしていた。船木平右衛門《へいえもん》の屋敷に人影が吸いこまれていた。

門を入った。門から玄関へずらりとともされた提灯。

明かり、明かり、明かり。そして人。ざわめき。歌うような声が流れていた。しわぶきと、居並んだ人の気配。すすり泣き。ひびき渡っている読経《どきょう》の声。お通夜《つや》。

肝がつぶれた。仙造はおろおろしながら菊蔵を呼んでもらった。何日かまえ、ひと晩厄介になったとき、めしを炊《た》いたり汁をつくってくれたりした下男だ。

「どうしたんだ。なにがあった?」

出てくるなり叫んだ。言ってるそばから口のなかが酸《す》っぱくなり、声がうわずった。

「乙吉ぼっちゃんがお亡《な》くなりになったんです」

菊蔵がげろを吐くような声で言った。

7

心という心に蓋《ふた》をして夜道を帰ってきた。なにも考えなかった。なにも思わなかった。

耳だけが自分の足音をとらえていた。夜のしじまと、気配と、風音をとらえていた。

目が前を見据えている。半月が山の端《は》に落ちようとしていた。

後は振りかえらなかった。ただ覚《さと》っていればよかった。いまはただ、後からつけてくるものの気配を、全身を耳にして覚っていればよい。

見届けるのはそれからだ。

及川村にはいった。屋敷林と田に囲まれた家がおよそ二十戸。そこを通りすぎたところに火の見櫓《やぐら》があって、その前に天満宮がある。お宮の後には小さな川も。

数軒の家がかたまっているところまでくると、仙造の動きが一変した。いきなり走りだしたのだ。背をかがめ、物陰を選び、しかも真《ま》っ直《す》ぐはすすまなかった。右へ、左へ折れ曲がり、茂みを横切り、田を走り抜け、小川を四つん這《ば》いになって通り抜けた。

この辺りで、後の目を断ち切るほかなかったのだ。ここで、すこしでも間を稼ぐほかない。

田と田を結ぶ用水に飛び込み、身をかがめて駆けあがった。道には出なかった。水からあがると林にもぐり、そこをすすんだ。

高見屋へもどってきた。

ようやく足を止めて振りかえった。担《かつ》いできた荷をおろし、息を整えながら村を見やった。

月はもう落ちていた。黒ずんだ家並みが、なんとか見分けられる。黒い筋となって立っている火の見櫓。

敵がここを嗅《か》ぎつけるまで、どれくらい間があるだろうか。すべての家を全部寄せ集めたとしても、四十戸はないはずなのだ。一軒一軒探し歩いたとしても、それほど手間はかからないだろう。

高見屋にもどった。家はひっそりと鳴りをひそめていたが、多分に重苦しい静けさでもあった。寝つかれないのか牛の鼻息まで荒い。

戸口に近づくと、なかから人影が飛びだしてきた。正作だ。

「変わりねえか」

「はい。ふたりとも先ほど、やっと寝ついてくれたところです。先生と奥さまにも、さっき横になっていただきました」

「わるいが、奥さまをお呼びしてくれ」

まだ寝ていなかったのだろう。りくはすぐに出てきた。

「ご苦労さまでした。異状はありませんでしたか」

うなずくだけにした。正作がそばにいたからだ。持ち帰った荷を黙って差しだした。

「どうしたんですか。ずぶ濡《ぬ》れですよ」

「近道して、川を横切ってきただけです。すぐ乾きまさ」

りくを座敷に帰した。正作がすすみでて、家のなかで休んでくれと、重ねて申しでた。仙造はかぶりを振った。

「遠慮してるんじゃねえ。まだしなきゃならんことがあるんだ。おめえこそなかにはいって、もう寝ろ。戸締まりをきちんとするんだ。なにか物音がしても、おれが呼ぶまでは出てくるな。いいな」

ひとりになると、物置までもどって、あらためて周囲を見回した。

家は山裾《やますそ》の平らなところを切りひらいて建てられている。敷地への入口は一ヶ所。塀も門もないから、その気になればどこからでもはいってこられる。林の一部が小笹《こざさ》になっているから、そこから来れば音がするくらいの障りしかない。

物置の軒は低かった。軒の出も深く、先端に柱を入れて、雪の重みに耐えられるよう補ってある。おそらく雪が積もったら、この下を通路にして、母屋へ出入りしていたのだろう。

物置の戸は、開きっぱなしになっていた。立てつけがわるくなって、がたがたになっていたからだ。

なかにはいって閉めてみた。傷《いた》みがひどく、穴だらけだ。縦に大きな裂け目ができている。幅が一寸くらい、桟の三つめから上の板が、剝《は》ぎ取ったみたいになくなっていた。

その割れ目の上の端に手をかけた。力を入れると、手前へ引き折った。古くなっていたから造作もなかった。上の端に、そこからなかがのぞきこめるぐらいの穴が空いた。

軒先から豆粒ほどの小石をいくつか拾ってきた。中にはいると、左手で後のほうへ投げてみた。壁に当たったり、板に当たったりする音を聞き分けた。

戸を閉めた。しゃがんで外をうかがうと、割れ目から見える外の闇《やみ》がわずかにほの白かった。見誤ってはならない。念を入れ、場所をずらしたりのぞく角度を変えたりして、暗さのちがいをたしかめた。下の敷居に小石を載せた。脇差《わきざ》しを鞘《さや》ごと抜き取り、土間へじかに置いた。

あぐらをかくと、大きな息を吸って、吐いた。呼吸が落ちついてくると、腕を組んだ。後の壁にもたれて、目を閉じた。

仙造は動かなくなった。

いっとき母屋《おもや》で、子どものむずかる声がした。男の子の声だった。あやす声がし、それからまた静かになった。

音が消え、夜気が冷えてきた。ひそやかな森の音。裏の山に冷気が舞い降りていた。
いまでは目を開けていた。腕をおろし、待ちかまえていた。
わかるのだ。近づいてきたのがわかる。
顔を起こした。
手をのばすと、脇差しを取りあげた。抜き放ち、鞘を地にもどした。
立ちあがった。そのときは地を踏む音が聞こえていた。外の道から、
庭へはいってきたところだ。
足音が止まった。ようすをうかがっている。
しゃがんだ。脇差しを逆手に持つと、左の手を添えて、刃先を板戸
の裂け目に載せた。
左手で小石をつまみあげた。

ほとんど足音がしなかった。きた、とさとったときはすぐ前にいた。動かなくなった。板戸の手前に立っている。

左腕で小石をはじき飛ばした。奥の壁に当たった。はじける乾いた音。

裂け目だけに目を凝らしていた。それがはっきり黒くなった。板戸になにか触れる音。刀の柄《つか》が当たったのだ。頭の上に息があった。

突いた。飛び込みざま踏みこむと、全身の力をこめて突き入れた。頼りない手応《てごた》えと、喉《のど》のつぶれたような音が起こった。のけぞってかわしたのがわかった。

逃げた。

戸を蹴《け》り倒して飛びだした。影が目の前にあった。刀を抜いていた。

よろめいていた。その背中に向け、刃をかまえたまま突っこんだ。

ひっという、短い音。そのときは腹を刺し貫いて押し倒していた。返す力で刃を抜いた。刀が落ちていた。だが左手はまだ口の中にあった。そいつを右足で踏んづけた。指が外れ、指笛は鳴らなかった。

たぎっていた血がおさまらなかった。刀をかまえたまま、あたりをけもののように嗅ぎまわった。刃をおさめ、男を引きずりはじめたのはそのあとだ。

家の外まで引きずりだしてから起こし、肩に担いで走りはじめた。

一町ほど先で山にはいった。

窪《くぼ》みを見つけてそこに捨てた。

まだ息をしていた。胸がかすかに上下していた。刀の鐺《こじり》でこづいてみた。手応えはない。もう虫の息なのだ。

やつの刀で止《とど》めを刺した。

懐中をあらためた。財布があった。中に小判が一枚と、ばら銭が三分くらいはいっていた。そいつは自分の財布に移した。

小枝をかぶせ、落ち葉を集めてきて振りかけた。見えなくなるまで隠してから、家にもどった。

用心して、庭先でようすをうかがった。家から出てきたものはいない。出てくるなといったのが効いたのだ。

物置にもどった。

はっと息を呑《の》んだ。

白い影が立っていた。蜉蝣《かげろう》のように浮かんでいた。仙造がもどってくるのを待っていたのだ。

「なにがあったのです」

咎《とが》めるような声で言われた。

「ここを突きとめられましたので、殺しました」

「殺さなければならなかったのですか」

そのひと言で、溜《た》まりにたまっていたもの、抑えていたものが、堰《せき》を切って噴きあがってきた。

「乙吉を殺しやがったんです」

うめき声をだした。

「仇《かたき》を……仇を、取ってやらなきゃ気がすまなかったんです」

りくが黙った。躰《からだ》が揺れた。唇を噛《か》みしめたのがわかった。

「あなたは乙吉の身に、そういう危難がふりかかることを見越して帰したのではありませんか」

仙造がぐわっと声を出してすすりあげた。

「殺されるとは思わなかったんです。やつらにつかまって脅されたら、秋山郷の名を教えて、白状するだろうと思ったんです。やつらをあざむくつもりだったんです。それで、二日ぐらいは間が稼げるだろうと。乙吉は侍の子じゃありません。ただの百姓です。しかもあんな若造だ。子どもです。命を捨ててまで、しゃべることを拒むこたぁなかったんです。恐ろしくなってすくみあがり、ぺらぺらしゃべってくれたら、こんなことにはならなかった」

「だったらわたくしも同類です。あなたが嘘《うそ》をついて乙吉を去らせたとわかっていながら、黙っていました。やはり、そんなことになるとは思わなかったのです」

「乙吉はあっしのことばを信じ、家に帰って、呼び出しがくるのを待ってました。だから村の子どもを使って誘い出されたら、疑いもせず、出て行ったんです」

「四人来ているといいましたが、それをやったのはだれかわかりますか」

「雇われてきた連中です。おそらく上のふたりには内緒で、勝手にやったことでしょう。あの連中はもう、上の命令を聞かなくなっていると思います。おふたりを殺せと、じかに命じられて来ているんです」

りくは手を組み、顔をあげ、凝然と暗闇を見つめた。

ややあって、落ちつきを取りもどした声で言った。

「道安どのには伝えないことにします。いずれ言わなければならないとしても、いまはまだ、そのときではありません」

「だがこれで、所在がばれたことはたしかです。あす一日、ここに隠れていることはできねえですよ。明朝には決断していただかなきゃなりません」

「わかりました。それはわたくしの口から伝えます」

りくはそう言うと、物置の外へ出た。

一歩行ったところで振りかえった。

「責めはわたくしにあります。せめて今夜は乙吉のために祈らせてもらいます」

だがりくは、道安を説得することができなかった。

翌朝仙造が物置でめしを食っていると、正作が呼びにきた。道安の部屋まできてくれという。これまで座敷へあがらなかったのは、いちいち草鞋《わらじ》をぬぐのが面倒くさかったからだ。

病人が寝ている隣の部屋だった。床は茣蓙《ござ》敷き。この家で畳があるのは、いま子どもらが寝ている客間だけだった。

朝餉《あさげ》の膳《ぜん》を前に、りくと道安が向かい合っていた。疲れているのだろう。目が光って頰がこけているのに、一方で道安の顔はつややかに輝いていた。

この医者は、患者と向かい合っているときが、いちばん生き生きしているのだ。いまではりくの顔のほうがくすんでいた。

「キニンが効いて、ふたりともひとまず熱はさがった。だが、なにがもとになっているのか、病名がわからないのだ。ひょっとするとはじめて出会った病気かもしれない。快方に向かったとは、とても言い切れないんだ。とにかくいまは、目を離したくない。そこもとたちのお心遣いはありがたいが、わたくしはここを離れんよ」

道安が言い聞かせるみたいな口調で言った。これまでりくと言い争っていたようなのだ。

「さっきから同じことばのくりかえしなの。これ以上は言いつづけても無益でしょう。それで、わたくしも考えてみましたの」

りくが道安のことばを引き取って言った。

「仙造殿のお申し出も、身にしみてありがたいことなのです。追っ手がきょうにもここへやって来ることがたしかであれば、どうあっても難は避けなければなりません。となればわたくしどもにできることは、逃げだすことしかありません。肝心なことは、ふたりが逃げだしたと、向こうに思いこませればいいということです。だったらそのように逃げてみようではありませんか。仙造どのに身代わりとなっていただけたら、ふたりで手に手を取って、逃げだしたと思わせることはできるはずです」

道安がびっくりして制止しようとしたから、はじめて出てきた話のようだ。むろん仙造も肝をつぶした。

「それはむちゃです。あっしに先生の代わりがつとまるわけはねえ」

「もちろん、近くだったらわかります。でも遠くからであれば、年格好も同じなら、体つきも似ています。その十徳《じっとく》を着たら、遠目にはわからないと思いませんか」

「あっしがこの十徳を着て、先生の振りをして、奥さまと一緒に逃げると……」

「やめなさい。そんなばかなことを、わたくしが許すわけないでしょうが」

「いいえ。あなたがここから動けないのであれば、そうするしかありません。幼いふたりの命がかかっています。あなたには、なんとしても生きていただかなければなりませんから」

「そんなばかなことを。あなたに行かれて、わたくしひとりがここに残れるわけはないでしょうが。われわれは生きるも死ぬも同体です」

「わたくしはもう、十分に生きさせていただきました。一方のあなたには、まだしていただかなければならないことがたくさんあります。病んだ子をかかえて困っている人が、こんなにも大勢いるんですから。どうかそれを、してあげてくださいさい。そのためにも、まだ生きてください。わたくしのことだったら、ご心配なく。なにもこれで、今生《こんじょう》のお別れにするつもりは毛頭ありません。何日かたったら、必ず帰ってきます。ちょっとの間、留守にするだけ。その間あなたはここに残って、おきく坊、正助ちゃんのためにつくしてあげてください」

「やりましょう」

仙造が大声をあげて割ってはいった。

「なにもしないよりはそのほうがましです。ここは奥方のお望み通り、あっしが先生の代わりになって、ふたりして逃げてみせます。先生はここに残ってください。奥方はあっしが、命を賭《か》けてお守りします。だから安心して、子どもさんの治療にあたってください。あっしらがここへもどってくるまで、どんなことがあっても外には出ないでくださえよ」

それ以上言い合っている暇はなかった。仙造は間を置かず立ちあがり、りくをせきたて、道安の着ていた十徳をむりやりぬがせた。着てみるとぴったりだった。あとは頭。これは笠《かさ》で隠すことにした。脇差《わきざ》しを見えなくすることぐらいは造作もない。

菅笠《すげがさ》をもらってかぶった。りくにも笠。りくが草鞋をはきはじめた。替えの草鞋を一足ずつ余分にもらった。

「奥さま。仙造旦那《だんな》さま」

後で喉をふりしぼった声があがった。振り向くと、正市、正作をはじめ、この家のおとな全員が土間で土下座していた。

三人のやりとりを聞かれてしまったのだ。

「このたびは……」

正市が礼をのべはじめたから追い立てた。

「礼はいいから、これから言うことをよく聞くんだ。先生を残して行く。先生の命は、おまえたちの肩にかかっている。全員で守ってくれ。鍬《くわ》や鎌《かま》を振りまわして戦えと言ってるんじゃねえ。先生がこの家のなかにいることを、村のだれにも気取られるなということだ。いつも通りの暮らしをつづけろ。草を刈り、薪《まき》を割り、牛を追って、ふだん通りに働け。村の寄合があったらためらわず出て行け。いいな」

七人が泣きながらひれ伏した。

板の間へ出てきた道安までが床に手を突いた。

「りく!」

りくが振りかえってにっこり笑った。

「なんだか、役者になったみたいな気分。わたくしの、一世一代の晴れ舞台みたいね。それでは、行って参ります」

8

最後の村をすぎてからも、またしばらく棚田がつづいた。のぼりはゆるやかで、水路には音をたてて水が流れていた。その田の広さが次第に小さくなり、かたちもゆがんできた。

林に突きあたった。踏み入ると、茫々《ぼうぼう》とした林になった。いきなりなにもなくなった。人里がつきたのだ。

森が深くなり、険しくなって、それまで伸びやかに吹いていた風が、木立に閉じ込められて息苦しいほど動かなくなった。

眺めが一切なくなってしまった。音まで消えた。木立を縫って踏み分け道が、どこまでものびている。

それでも珍しく旅人に出会った。大きな荷を背負った男がふたり、岩に腰をおろして休んでいた。同じ方向に向かっていたらしい。ことばもかけず追い越した。汗を拭《ぬぐ》っていたふたりのほうが、りくに目礼を送ってきた。

最後の登りになった。

仙造はりくを休ませ、その間に枝を切ってきて、杖《つえ》をつくった。やや長めにしたのは、坂の急なところでは引っぱりあげるためだと、手《て》真似《まね》で教えた。

つづら折りの急坂になった。

日が頭の上にきて照りつけた。九月とは思えない暑さだ。

仙造が前を行った。数歩行っては振りかえり、坂の急なところ、足下のわるいところにさしかかると、止まってりくを待ち受けた。そのつど杖につかまらせて引きあげ、あるいは手をさしのべて引っぱりあげた。

りくは仙造がおどろくほどの動きを見せた。常人に劣らぬ速さで歩き、しかもその勢いを保ちつづけた。

すでに一刻《とき》半、同じ速さで歩きつづけていたのだ。

むろん相当のむりをしていたことは、まちがいない。息が荒くなり、躰の揺れがだんだん大きくなった。

だが音《ね》をあげなかった。仙造のほうから休もうと言わないかぎり、自分からは足を止めようとしなかった。

坂が急になるにつれ、眺めがよくなってきた。おぼろながらも、及川村らしい土地のひろがりが見分けられた。米山がはるかその向こうだ。

後方には絶えず目を送っていた。だがいくら目を凝らしても、人影らしいものはひとつも見つけられなかった。森が濃すぎるのだ。

これが逆の立場だったら、森のなかからこの登りにかかっている人間の姿は、どこかで見分けられたはずだ。目のいいものなら、それが男と女であることも見破れたことだろう。あとは双方の間に、どれくらいの開きがあるか。それひとつにすべてがかかっていた。

ただし最後の登りにかかってから、そういう考えは、どこかへ消えてしまった。恐れたり焦《あせ》ったりする気持ちまで、跡形もなく消えた。よけいなことを考える余裕がなくなっていたことはたしかだ。目の前にあらわれる坂や足場があまりにとりどりで、りくにどう乗り越えさせるか、それをこなすのに精いっぱいだったのである。

信じられないことに、いまではそのくりかえしが快いものになりかけていた。

子どものころ、近くにいた女の子のことが頭に浮かんだ。なにをして遊んだのか、どこにいるときのことだったか、そういうことはなにもおぼえていない。ふたりの遊びが、いつまでもつづいて欲しいと願ったことだけをおぼえている。みのという娘の名前も。その名は仙造にとっていまでも特別なものとなっている。

登りの最後は、はじまったときほどめりはりのきいたものではなかった。坂がゆるくなってきたかと思うと、いつのまにか平らになり、気がついたらくだりはじめていた。その間一度として目の前は開けず、木立のなかをすすんでいた。頂上に着いたときは、声をあげてよろこびを分かち合おうと思っていたのに、その機会さえなかった。

「お疲れさまでした。どうやらのぼりきったみてえです」

「そのようですね。最後はなんだか、拍子抜けしてしまいました」

同じ思いだったか、りくもそう言って笑った。

この勢いで、このまま一気に突っ走りたかったが、りくを見ると、さすがにそこまでは言えなくなった。見るからに疲れている。頬が一気に削《そ》げてきた。

「どこかでめしを食いましょう」

と言ったとき、りくが小さな声をあげた。池が見えるというのだ。指さした先に青い水面がのぞいていた。そういえば登りにかかったときの山中にも、同じような池があった。

「行ってみますか」

と言うとうれしそうにうなずいた。それで先に立って藪《やぶ》のなかへはいった。すぐ踏み跡にぶつかった。あわてなくともその先に道がついていたのだ。

丸みをおびた細長い池だった。澄みきった水が青い空を写しとって静まり返っていた。白い雲が浮かんでいる。水際《みずぎわ》は紅葉の赤い色で染まっていた。

それほど大きな池ではなかった。差し渡しが短いところで半町、長いところで一町くらい。川のあるところではないから、雨水がたまってできたものだろう。このところ雨が降っていないせいか、水はかなり減っている。木の生えぎわと水面とに、三尺ほど、剝《む》きだしになった赤土の帯ができていた。

水が干上がってもとの水底が出てしまったところを見つけた。ひび割れているが、ほぼ平ら。広さは田の二枚分くらいあった。

水際に行って、顔と手を洗った。並んで腰をおろし、午《ひる》めしを食いはじめた。

はじめのうちは晴れやかだったりくの顔が、だんだん沈んできた。ことばも少なくなり、笑うこともなくなった。

周囲にもまるで気を配らなくなった。はじめのうちは鳥にまで目を輝かせていたのに、いまでは見ようともしなくなった。紅葉すら目にうつらなくなっていた。

とうとう黙りこんで水面を見つめはじめた。

気がつかない振りをしていたが、仙造のほうは少々あせっていた。もうここだけで、小半刻《こはんとき》を費やしていた。そろそろ行かないと、ますます追いつめられる。そうなると、あとできることは、森のなかへ隠れることぐらいしかなくなる。だが追われるものは、どこかに隠れた、とさとられたところでもう負けなのだ。

「よかったら、ぼちぼち出かけませんか」

たまりかねて言った。それすら聞こえなかったか、りくは返事をしなかった。

「奥さん。申し訳ないですが、腰をあげてください。そろそろ行かなきゃならねえんです」

りくはのろのろと顔をあげた。そのとき仙造に向けた顔は、これまで見たことがないほどくすんでいた。

「あなた、ひとりで行ってください」

「どうしたんですか」

「ええ。もうなんだか、どうでもよくなってしまって」

「すみません。わざと、気がつかない振りをしておりました。ほんとは、わかっておったんです。むりもねえ、申し訳ねえと、お察ししてました。お疲れになったんです」

「そうではありません。ほんとにもういい、と思えてきたんです。どうせいつかは死ぬ。だったらこんな静かな、美しいところで死んだほうがまだいいかと思って。ここ、死ぬにはいいところだと思いませんか？　この池に沈めてもらったら、さぞおだやかに眠れるだろうと思うのです」

ひっ、と短い音がした。

仙造ははじかれたみたいに立ちあがった。きっとなって峠のほうを見あげた。恐怖で顔が凍りついていた。

まちがいなかった。指笛の音だったのだ。

追いつかれた。

もう逃げることも隠れることもできない。りくに走り寄ると後手にかばって仁王立ちとなり、腰を落として身がまえた。

笹《ささ》をかきわける音がした。急いではいなかった。ゆっくりとおりてくる。

また笛が鳴った。今度は長く、尾を引いて鳴らされた。

男が出てきた。

この間の、もうひとりにほかならなかった。乾いた泥のような顔をしていた。その顔からはなんの感情も読みとれなかった。目が小さくなっていた。あるかなきかの小さな光。その光が向けられていたのは、仙造のほうだ。

十間ほど向こうへきて、止まった。

なにも言わなかった。手をだらんとさげたまま、動かなくなった。見守っている。息をしているとも見せず、自分の動きまで殺してしまった。

待っていたのだ。後が追いついてくるのを待っていた。

長い間だった。

日が雲に隠れ、また出た。足元に枯葉が舞い落ちてきた。

「伝蔵」

森のなかから声が聞こえた。

「こちらです」

男が答えた。後を見ようともしない。

「もうちょっと先へすすんでくださると、道がついております。あわてることはありません。ごゆっくり、おいでください」

森のなかからひとり出てきた。裁着袴《たつつけばかま》に脚絆《きやはん》、上が羽織、背に編笠。刀は二本差して、年格好が四十五、六。眉《まゆ》の濃い、顔の大きな男。躰《からだ》の幅もそれなりにある。

その後からさらにひとり。

こちらは若者。二十二、三。背が高く、色が白かった。ふっくらした顔、通った鼻筋、固くむすんだ口許《くちもと》。同じようないでたちだが、生地も仕立ても明らかにちがった。刀の柄は大小とも白、羽織の紋は下がり藤《ふじ》のようだ。

若い男が前へすすみ出てきた。もうひとりは、一歩さがって左後。伝蔵と呼ばれた素破《すっぱ》がさらに何歩か後。

真ん中にいた男が、手で仙造に横へ寄れと示した。

仙造は命じられるまま、左へ寄った。さっきまで躰にみなぎっていた力が消えていた。というより腑《ふ》抜《ぬ》けになってしまった。立っているのがやっとだったのだ。足に力がはいらなくなっていた。

若い侍の顔が真っ赤だった。

りくをにらみつけていた。怒りの色には見えなかったが、息をつめていることはたしかだった。目を大きく見開いているのは、ようやく追いつめたという万感の思いからか。唇がわなないていた。しゃべろうとしているのだが、すぐにはことばが出てこなかった。取りだすべきことばがありすぎて、しゃべれなくなっているのだ。

目をしばたいた。見覚えのあるような顔だ。頬のふくらみ、目許のつや、唇の凛々《りり》しさ……。

あっ、ともうすこしで声をあげるところだった。思わずりくの顔を見た。

そっくりだったのだ。

「大きくなりましたね、雄一郎」

りくがおだやかに、だが凛《りん》とした声で言った。ほほえみを浮かべ、泰然としていた。紅葉の燃えさかっている池を背に、昂然《こうぜん》と顔を起こしていた。わるびれもせず、誇るでもなく、あるがままの自分をさらしていた。

「いまのわたくしを見ていただくことが、お会いする目的のひとつでございました」

いくらか声をつまらせながら若侍が言った。ことばに迷い、つばきを呑《の》みこんでいるのがわかった。湧《わ》きあがってくるものを押しつぶしているかのように、喉《のど》を鳴らして耐えていた。母親の顔をやっと正面から見つめているのだ。

懐中からなにか取りだした。

赤い縮緬様《ちりめんよう》の袋にはいったもの。その長さから、懐剣《かいけん》だとわかる。

手をふるわせながら差しだした。

「なんですか」

りくは平然と言った。

「自害させよ、と言われました」

「それを言うためにに来たのですか」

「残念ですが」

「それで、しないと言ったらどうなります。わたくしが、自害などしないと言ったら」

「……………」

「そのときは、どうせよと言われました」

「そのときは、手にかけよと」

「あなたがわたくしを殺すのですか」

「その処置もふくめて、試されるために遣わされたのだと思っております。一生を部屋住みで終わるか、布衣《ほい》を着用する身となるか、選べと言われました」

「それで、あなたは選んだのですね」

「辞退すれば伊三郎が差し向けられると、わかっていたからです。家中には、あの男を担《かつ》ごうとしているものが少なからずいます。本人もいまではすっかりその気になっているのです。伊三郎なら、ためらいもなくあなたを斬《き》り捨てるでしょう。それはわたくしにとって、忍びがたい恥辱です。わたくしには、あの男と家督を争うつもりなどありません。欲しければくれてやってもよいと思っております。布衣どころか、市井《しせい》の手習い師匠で終わってもかまわないと思っているのです」

「わたくしもできたらあなたに、そのような生き方をしていただきたいと願っておりました」

「そういうわたくしを、父上は憎んでいます。自分より母上の資質を濃く受けついでいるわたくしを、厭《いと》うこと大なのです。そういうことではわたくしも、これまで一度として父上の期待に添えませんでした。親不孝者だったのです。しかしこれでお終《しま》いにするつもりです。今度江戸へ帰ったら、家を出ます。それをお伝えするためにも、今回やって来たのです」

りくが目を閉じた。強く閉じて、唇をふるわせた。ふたたび開いたときは、悲しそうな顔をしていた。これまで見たことがないほど、打ちのめされた顔になっていた。

「あの人にとってわたくしなどただの慰みもの、しかもそれはもう用済みにすぎませんでした。背かなかったら、菅生《すごう》の里に追いやられたまま、忘れ去られていたことでしょう。それが背いたから、はじめて生き返ったのです。そして許せないものになった。あのときわたくしが死んでいれば、それですべてが終わっていたはずです。ところが死ななかった。生き返った。生き返らせてもらった。わたくしは生まれ変わったのです。そうしてあたらしい生き方を見つけた、ということです。あなたはこのわたくしをどう思っていますか。わたくしは人様になんと言われようが、すこしも恥じておりません。過ぎたことを、振りかえるつもりもありません。大事なことは、残されている自分を見つめながら生きて行くこと。そのとき、ともにすごしてくれる人がいることを、こよなく誇りに思っているのです」

「おことばを返すようですが、できれば見つかっていただきたくありませんでした」

左後にひかえていた男が言った。

「行方知れずのままでまっとうしていただきたかったのです。そうすればあとのことは、いくらでも、なんとかなりました。薬を取りよせるくらいのことなら、ほかにいくらでも手立てがあったはずです。それを、つねに三島屋を通された。置き去りにされたものにとっては、挑発されていると受けとっても仕方がないではありませんか」

「それを言われると一言もありません。人目を避けて田舎を転々としている身とあっては、他郷の医師と交わったり、あたらしい知識を得たり、あたらしい技術を習得したりする場も、機会もありません。あたらしい医学からは取り残されて行くばかりです。だがそういう医者でも、泣いてよろこんでもらえることが、田舎ではいくらでもあります。まじないやお祓《はら》いしか受けられない病人が、それこそ浜の真砂《まさご》ほどいるのです。そういう人たちによろこんでもらえるだけでも、自分の役割があると思えるのです。こんな藪医者夫婦でもまだ人様のお役に立てる。それだけがいまのわたくしどもを支えています。三島屋以外に薬屋があることを知らないわけではありません。三島屋を頼るほかないくらい、ほかの方法がなくなっていたということです」

「申し訳ございませんでした。口がすぎたことをお許しください。このようなかたちでお目にかかるしかなかった、わが身を恥じるばかりです」

「おまえはどういうことでついてきたのですか、重兵衛。雄一郎ができなかった場合は、おまえが手をくだせということですか」

「お察しの通りでございます」

重兵衛と呼ばれた男はそう言って頭をさげた。

「道之助殿の助手をつとめてくれていた若者を殺《あや》めたのも、そなたの指図ですか」

「なんと仰《おお》せられます。はじめて耳にいたしますが」

「こいつが殺したんだ」

仙造が伝蔵を指さした。素破がうろたえて、顔色を変えるなり刀を引き抜いた。狼狽《ろうばい》と怒りで顔が一変していた。

「待て」

重兵衛が制止した。だが男はかまわず前へ出てきた。

「弟をどうしたんだ」

それには一瞥《いちべつ》もくれず、仙造はふたりに言った。

「巻きこんだらかわいそうだと思ったから、薬を預けるという口実を設けて、繁原村の自宅へ帰したんだ。それをこいつらがおびきだし、隠れ場所を聞き出そうとして、爪《つめ》の間に竹串《たけぐし》を刺しこんで拷問《ごうもん》した。白状しなかったんだろう。最後は突き殺した。竹槍《たけやり》で何十回も突き刺して絶命させたんだ。きょうあんたらが、ここで追いつけたのはどうしてだと思う。ゆうべおれが、預けてあった薬を取りに行ったところをつけてきたからだ。おれがわざとあとをつけさせた」

「弟をどうしたんだ」

「突き殺したわい。それからもうひとつ、あんたらに教えてやることがある。こいつはあんたらが命令されたことをする、しないにかかわらず、ふたりを殺してこいと御大将から言いつかっている。五十両と百両の約束だ」

伝蔵は刀を振りかぶりざま突進してきた。地を蹴《け》ったかと思うと一気に三間も飛んでいた。かわす間も抜き合わせる間もなかった。柄に手をかけるのがやっと。仙造はのけぞってかわそうとした。

つぎの瞬間鈍い音がして、血しぶきが飛んだ。伝蔵が勢いをつけたまま、仙造のほうへつんのめってきて、ゆっくりと地に落ちた。後から重兵衛の大きな顔がせりあがってきた。一刀のもとに斬り伏せていた。

なにもできなかった。茫然《ぼうぜん》と見おろしていた。りくも同じ。雄一郎も棒立ちになっていた。

重兵衛ひとりが憮然《ぶぜん》としていた。

「だからそれがしは、このような連中を雇い入れることに反対だったのです」

いかにも無念そうだった。いかにも腹の虫がおさまらなかったらしい。仙造に険しい目を向けると、顔を突きだしてくるなり憤然と怒鳴りつけた。

「そのほうはいったい何者なんだ」

仙造は恐れ入って身を縮こまらせた。

「その……ただの、ただのお節介焼きでごぜえますが」

及川村までりくを送りとどけた。

三人の話し合いがどのようにまとまったのか、仙造は知らない。蚊《か》帳《や》の外に置かれていたからだ。

三人はおよそ一刻《とき》近く話しこんでいた。

その間に仙造は素破の死体を森へ捨てに行った。いちおう手間賃にはなった。伝蔵が三両あまりの金を持っていたからだ。

そのあと四人は、街道までもどってから別れた。ふたりは峠をくだり、十日町街道から帰った。りくは仙造が送りとどけることにした。

これはふたりからも頼まれた。

峠からの帰りは、下りであったにもかかわらず、来たとき以上に暇がかかった。りくの動きが、本人がいくら気張ろうとしても、もとにはもどらなかったからだ。

話はほとんどしなかった。りくは変わりなくふるまおうとしていたが、明らかに元気をなくしていた。悲しそうで、すまなさそうで、つらそうだった。人間だれであれ、前ばかり見て生きることはできないということだ。

「このままお別れしても、大丈夫でやすかね」

仙造はやっと言った。

「重兵衛がなんとかしてくれるそうです。わたくしどもも、もう三島屋は使わないことにしました」

りくは答えた。ほっとしていたかもしれないが、それほどうれしそうにも見えなかった。おそらく雄一郎のことを考えているのだろうと仙造は思った。

高見屋が見えるところまでもどってきたとき、右の川っぷちから女の金切り声が聞こえた。籠《かご》を背負った女が草むらから現れ、りくのほうへ転がらんばかりに駆けてきた。

高見屋の姑《しゅうとめ》だった。牛の草を刈っていたところらしく、右手に鎌《かま》、籠には草が山積みとなっていた。

駆け寄ってきた姑は、小躍りしていた。歯を見せていた。顔じゅうで笑い、よろこんでいた。頭の手拭《てぬぐ》いを取り、あまりにぺこぺこ頭をさげるものだから、そのたびに籠から草がこぼれ落ちた。

家の近くまで来ると、今度はちがう女が走りだしてきた。かつだった。これも手すり足すりせんばかり。全身を使ってよろこびをあらわしていた。

りくが抱きかかえられるようにしてはいるところまで見とどけ、仙造はきびすをかえした。

数歩行ったが、あっという顔になって振りかえった。それから口惜《くや》しそうに自分に毒づいた。

今度薬が入用になったときは、蓬萊屋へじかに言ってきなせえと、教えてやるのを忘れたのだ。

彼岸の旅

I

勝五郎《かつごろう》が脚絆《きやはん》をつけているところへ、呼び出した忠三郎《ちゆうざぶろう》がやってきた。道中差し、振分荷物などを見てびっくりしたようだ。目をまるくした。

「何事です」

「いや、すまねえ。ごらんの通りよ。五、六日かそこら、留守をしたいんだ。あとのことは、とりあえず秦吉《しんきち》とおかねにまかせて行くが、ときどきようすを見に来てくれんか。鶴吉《つるきち》を連れて行く。ほんとはやつに留守番をさせようと思って呼び出したんだが、ついて行くと言って聞かないんだ」

「半助《はんすけ》のことですか」

口許《くちもと》をへの字にしてうなずくと、勝五郎はひろげてあった書状を差しだした。

今朝方、表店《おもてだな》の蓬莱屋《ほうらいや》へ届けられたものだ。受け取ったのが、ほかならぬ忠三郎だった。

半助に頼まれたというばあさんが持ってきた。同じ長屋の住人だという。

書状は勝五郎宛《あて》。それですぐ裏店のほうへ届けさせた。

半紙一枚にほんの数行の文字。

なんとも素っ気ない文面だ。

長い間お世話になりました、とある。勝手ながら今回の相馬《そうま》行きを最後に、郷里へ帰って隠居することにいたしました。陰ながら蓬萊屋のご繁栄とみなさまのご健勝をお祈りしております。

これだけである。

忠三郎は眉《まゆ》を寄せて勝五郎を見つめた。当惑している。文面の中味もさることながら、勝五郎の物々しい恰好《かっこう》もわかりかねるのだ。

「な。これはねえと思わんか。かれこれ四十年になろうかという、古女房同然のつき合いだぞ。おれたちの間は、置き手紙一本残して行っちまわれるような、そんな水臭い間柄だったのか。こんな三行半《みくだりはん》はねえよ」

勝五郎は顔を真っ赤にして言った。口をとがらせている。気持がたかぶって、ことばのほうがもどかしいのだ。

「まさか。こんなことをたくらんでいたとは思いませんでした。いつになく口数が多かったんです。顔色もよかったし、元気そうだったから、それ以上は言えなくて。裏に顔は出すんでしょうねと念を押すと、あたりめえだとにらみつけられました」

「そこまで言いやがったか。おれんとこへ顔を出してたら、むざむざやりはしなかったのによ。それがわかってたから、こないだはおべっかまで言って、おれをたぶらかしやがったんだ」

「すると文《ふみ》を五日たって届けさせたというのも、算盤《そろばん》ずくだったたんですね」

「まちがいねえ。追ってこられないように間《ま》を空けたんだ」

「しかし、いったいなにを考えて……。第一郷里へ帰るというのは、ほんとですかね。具合がわるいんじゃないですかと、みながあまり心配するから、うるさくなったのはたしかだと思いますが。あるいはこれ以上迷惑をかけまいとした、と考えることもできると思います」

「大方そんなことだろうよ。だがいまとなっちゃ、そんなことはどうだっていいんだ。おれとしては、なにがなんでもひっつかまえて、問いつめてやらなきゃ気がおさまらねえ。こうなったら草の根を分けても探し出し、むりやり連れ戻してやる。首根っ子を押えつけてでも、面倒を見てやる。この店をはじめたときから、あいつの死に水はおれが取ってやると決めていたんだ。勝手に逃げだされてたまるもんか」

「しかし、半助の郷里をごぞんじなんですか。あっしはなんにも知らないんですが。自分のことは、これっぽっちも言わない男でした」

「おれにも言ったことはねえよ。だが長いつき合いだ。ときにはぼろを見せることだってある。おおよその見当はついてるんだ」

「だが五日も間が空きました。荷を担《かつ》いでいるとはいえ、相馬までに追いつくのはむりでしょう」

「だから鶴吉が手を貸してくれるのよ。仕事じゃねえから、ただ働きだぞって言ったら、いっぺんただ働きってやつを、まえまえからしてみてえと思ってたんです、と減らず口を叩《たた》きやがる。仙造《せんぞう》も宇三郎《うさぶろう》もいねえときだから、ほんとは助かるんだ。いま半助の長屋へたしかめにやらせた」

人に言ったことはないが、半助の持っていた寺請け証文を盗み見たことがあるのだ。

とはいえ二十年以上もまえのことで、それもちらと見ただけだから、中味はほとんどおぼえていない。

湯治《とうじ》と称して箱根へ遊びに出かけたときのことだった。

半助が湯を使っている間、留守番をしていた。部屋に人がはいって来たから着物を手前に寄せたところ、なにか手に触れた。懐紙《かいし》につつんだ書状のようなもの。それでつい、なかをのぞいて見たのだ。

長い間持ち回っているらしく、折りたたんだままぺったりくっついていた。

寺請け証文だった。国許《くにもと》を出て他の国へ行く人間が、檀那寺《だんなでら》からもらう身許の証《あか》しだ。移った先で届けでると、そこがあたらしい檀那寺となる。

陸州龍田《たつた》村、百姓半次郎《はんじろう》とあった。

そうか、やつの本名は半次郎か、とはじめて知ったが、人に言ったことはない。こういう世界へはいってくる人間だから、みなそれぞれ古傷めいたものを持っている。そういうものは、見ても見なかったふりをするのが、仲間内の仁義なのだ。

半助は蓬萊屋にいちばん古くからいる飛脚だった。年は六十四。勝五郎より二つ上で、飛脚時代からいえば兄貴格にあたる。その後は歩く道がちがって宰領《さいりょう》と雇い人に分かれてしまったが、勝五郎としては半助の立場をつねに重んじてきたつもりだ。

そもそも勝五郎が裏店稼業《かぎょう》をはじめることになったのも、この半助というたぐいまれな相棒がいたからなのだ。

もとはといえば室町筋のさる大店《おおだな》から、江戸大坂での銭相場や米相場、商品相場の成行を、もうすこし早く知る方法はないか、と持ちかけられたことからはじまった。

世のなかの動きを、もっとも端的に示すのは物の値段、つまり相場である。一分《いちぶ》一厘《いちりん》の上がり下がりが、大きな商いをするものには莫大《ばくだい》な金高となる。

その値動きを回りよりすこしでも早く知ることができれば、その差を利用して手堅く儲《もう》けることができる。ものの動きを知ることが、金儲けの第一歩であることを、商人は早くから熟知していた。

当時江戸大坂の動きが相手方まで伝わるのに、早くても五、六日かかっていた。公儀が飛脚を走りに走らせる火急便で、まる三昼夜かかった。

その日数をもっと縮めることはできないだろうか。勝五郎に持ちこまれたのはそういう相談だったのだ。

一回や二回なら、むずかしいことではなかった。江戸大坂間を二晩で走りぬける足の持ち主なら、ざらではないまでも仲間内には珍しくなかったからだ。

ただそれを、一定日数ごとに、定期の便として成り立たせるとなると、話はべつだ。それだけの人間をそろえるのは、まずできない相談だったからだ。

それでもできることからはじめてみよう、ということで勝五郎は引き受け、この間をひとりで走りぬける通し飛脚業をはじめた。いまこそどこでもやっていることだが、そのころはまだ商売として成り立つとは考えられていなかった。

それもこれも、半助という男がいたからにほかならない。

というよりも半助しかいなかった。半助がつねにひとりで、江戸大坂間を歩き通してくれたのだ。かかった日数が二泊と半日。これを月に四回こなした。

のちにほかのものが加わって、その重荷をすこし減らしてやったとはいえ、そのほとんどを半助がこなしていたことに変りはない。

これを三年間つづけた。半助は片道ごとに一日、あるいは一往復ごとに二日休むだけで、この間ひたすら歩き通してくれたのだ。

その仕事がなくなってしまったのは、皮肉なことに天保《てんぽう》の改革なるものがはじまったからだった。商人のつくった組合や会所を物価高の元凶として水野忠邦《ただくに》が目の仇《かたき》にし、解散させたり力を削《そ》いだりしたのだ。

おかげで金や物の扱いが見る影もなく減ってしまい、荷動きはじめ、世のなかの動きが一時はばったり止まってしまった。

ただその間も飛脚業そのものは繁栄をつづけた。勝五郎のところへ持ちこまれる依頼の中味も、すこしずつ変わりはじめた。江戸と京大坂以外の土地への正金《しょうきん》運送が増えたのだ。

半助もその後はふつうの飛脚にもどっていた。だが六十が近くなってくると、その足がにわかに衰えた。これまでむりを重ねてきたつけが回ってきたのである。以前ほど速くは歩けなくなり、疲れもなかなか取れなくなった。

それで勝五郎はできるだけ近場の、楽な仕事を与えるよう気を配った。これまでの功績に報いるため、ほかのものとは別格にして、働き高にかかわりなく給金というかたちで手当を払ってやった。

店がつづく限りそうするつもりだった。だがそれよりも先に、半助の足が遠のきはじめた。

ひと月ほど音沙汰《おとさた》のないときがあったから、秦吉にようすを見に行かせたことがある。すると寝ついていたとわかった。思っていた以上に躰《からだ》をわるくしていたのだ。

以後はおりをみて、近くへ越してくるよう口説いていた。秦吉とおかねが住んでいる前の長屋を、店のもので固めてしまおうと思っていたのだ。

現にいまではちよを引き取った宇三郎が住みついていた。ちよは七つ。宇三郎が旅に出ている間はおかね夫婦に預けておけるのだ。

しかし半助は、この申し出にうんと言わなかった。みなの足手まといになるのはいやだというのだ。

「そうじゃねえ。ふだんは店に坐《すわ》っててくれたらいいんだ。留守番がいてくれるだけで、おれも安心して出かけられるだろうが」

それでも首を縦に振らなかった。強情なのである。頑固で、気むずかしく、無愛想なのである。そういう意味では、これくらい使いにくい雇い人もいなかった。

あげくの果てが、今日の文だ。

相馬の廻船《かいせん》問屋三橋屋は、蓬莱屋の長年の得意先である。

その三橋屋を取りしきっていたのは、八重乃《やえの》といって今年六十一になる女主人だった。

もとは江戸のどこかの岡場所にいた女だと聞いている。その俠気《おとこぎ》と心根に先代の徳右衛門《とくえもん》が惚《ほ》れ、身請けして後添《のちぞ》えに据えたのだ。

流行《はや》り病で徳右衛門がぽっくり世を去ったとき、八重乃はまだ三十一、せがれの佐太郎《さたろう》は八つになったばかりで、三橋屋はこれでお終《しま》いかとだれもが思った。

ところが商売の才覚はもちろん、算盤すらはじけなかった八重乃が、亭主の死んだ日から生まれ変わった。以来獅子奮迅《ししふんじん》の働きをして、三橋屋の身代《しんだい》を徳右衛門のころより一回りも二回りも大きく太らせたのだ。

後家になって三十年。その後佐太郎に跡目をゆずって隠居したものの、実際の舵《かじ》取りはいまでも八重乃が握っていると、もっぱらの噂《うわさ》だ。それが昨年還暦を迎え、さすがに本気で隠居する気になったらしい。ただしそこは八重乃。そのまえに今生の名残とばかり、東国《とうごく》三十三箇所参りの旅に出た。

江戸見物をはじめとする、物見遊山《ゆさん》が狙《ねら》いだったことはまちがいない。これまで一心不乱に働いてきた自分への褒美《ほうび》も兼ねていたのだろう。供をふたり連れ、日数も三月とたっぷりかけた旅だった。

江戸ではひと月以上滞在し、芝居見物から買い物、食い歩きと、毎日遊び歩いていた。そのあと箱根、熱海《あたみ》へと足をのばして温泉三昧《ざんまい》。帰途も信州へ出て、善光寺から越後《えちご》をぐるっと回るという、お大尽旅になったのだった。

八重乃は江戸でかなりの買い物をした。大方はこれまで世話になった人や、得意先、奉公人への土産物だった。反物のようなかさばるものは、船便でじかに送らせたという。

あとで買い足したもの、とくべつに造らせたものを、ひとまとめにして蓬萊屋へ持ちこんできた。そのとき半助に運ばせるよう名指ししたらしいのだ。

勝五郎も長いこと表店で働いていたから、三橋屋の名はよく知っていた。だが実際に足を運んだことはなかった。むろん八重乃の顔も知らない。分家してからはさらに縁がなくなった。

だが半助のほうはその後も出入りしていたようだ。そして八重乃と知り合い、なぜか気に入られて、三橋屋といえば半助の受け持ち、ということになっていた。

勝五郎の店に移ってきてからは足も遠のいたが、それでもときには名指しを受け、出かけていったこともある。

勝五郎にしたらありがた迷惑である。その間仕事から外さなければならないからだ。

今度の三橋屋行きも、三、四年ぶりの指名ではなかったろうか。しかも運ぶものがこれまでとちがっていた。

持ちこまれた土産物は、絵双紙《えぞうし》や錦絵《にしきえ》、白粉《おしろい》などの化粧料、小間物《こまもの》、簪《かんざし》、笄《こうがい》、櫛《くし》など、ほとんどが女ものだった。

ただそのときは全部そろっていなかった。特別な絵柄の扇子を二十数本、版木から彫らせたとかですこし日数がかかった。また八重乃が買いそろえたときはできていなかった役者の錦絵もある。

それほど嵩《かさ》のあるものはなかった。とはいえ全部まとめてみると、三貫を越える重さになった。いまの半助には重すぎる。それで忠三郎は手代の新吉を荷物持ちにつけようとした。

半助はこれを拒んだのである。三橋屋とは長年のつき合いだし、名指しまでされている以上、ほかのものの手を借りるわけにいかないというのだ。

急ぎの荷ではなし、日数の余裕もあるから、自分ひとりで充分だといって聞き入れない。

忠三郎が再度念を押そうとすると、おれの顔をつぶす気かと言って怒りだした。話の持って行きようがわるかったかもしれないが、こうなるとあとに引かない男だ。忠三郎のほうが謝って引くしかなかった。

これが十日ほどまえのことだ。

半助はそのあと、勝五郎のところへ顔を出した。四、五日したら相馬に向かうが、そこから帰ってきたら前の長屋へ越してきてもいいと言って、勝五郎をうれしがらせたのである。

いまになってみると、これは忠三郎のところからよけいな知らせが行かないよう手を打ち、なおかつそれとなく勝五郎に別れを告げにきたのだった。

そのときはひげこそ延び放題だったが、顔色もわるくなかったし、足どりもたしかに見えた。だがこれは、勝五郎がよろこんで目が曇っていたからかもしれないのだ。

「くそっ。言いなれないおべっかまで言いやがって、人をまんまとたぶらかしやがった。おれはそっちにばかり気をとられ、長屋の空きをたしかめてこいと、秦吉を大家のところへやらせたくらいだ。やつの顔なんかろくに見もしなかった」

といま思い出しても口惜《くや》しそうに地団駄《じだんだ》を踏むのだ。

「元締めがそこまで腹をくっておられるんでしたら、あっしはなにも申しません。どうぞ、あとのことは心配いりませんから、何日だろうが気のすむまで行ってらしてください」

勝五郎だって止めて止められる男ではないから、忠三郎はあきらめ顔で言った。勝五郎の下で二十年働いてきたせいもあり、いまでも前に出るとかしこまって逆らえない気分になってしまうのだ。

「すまねえ。二、三日したら仙造が加賀から帰ってくる。湯川屋から金を預かってくるはずだから、受け取っておいてくれ。あとは蔵前の湊屋《みなとや》が話をすすめてくるかもしれん。それもおまえさんの裁量で決めてくれてかまわん。帰りが遅くなるようなら、なんらかのかたちで知らせるよ」

蔵の鍵《かぎ》を預けながら言った。

「それで、半助の郷里はどこなんですか」

「陸奥《むつ》だ」

「すると、ことによっては陸奥まで追って行くつもりですか」

「あたりめえだ。逃がすもんか」

勝五郎がむきになって答えるのを、忠三郎はあきれ顔で見返していた。

2

「やられましたぜ、親方。まんまと図られました」

玄関へ飛びこんで来るなり鶴吉が言った。

身支度がおわり、あとは羽織を着るだけになっていた。

座敷へ上がるより先に手真似《てまね》が出てしまう鶴吉を、勝五郎は腹立たしそうに見やった。

「そういうものの言い方をするんじゃねえと、いつも言ってるじゃねえか。物事というものは、はじめっから順序だててしゃべるんだ」

「へえ、すんません。大兄貴のことですが、相当わるかったみたいです。自分で荷を背負って、相馬まで行ける躰じゃとてもなかったってことでさ。なんと、荷運びを雇ってました」

「なんだと」

たちまち勝五郎のほうが取り乱した。

「へい。最初《はな》っから申しますと、大兄貴の住んでいた長屋に、長八《ちようはち》という、今年二十一になる若ぇ《わけ》もんがいます。決まった職もねえ半端《はんぱ》やろうで、町内の使い走りなんかやって、かつかつ生きてるようなやろうです。と、そこまで言うと、ひところのあっしも似たようなもんだったから、あんまりあしざまには言えねえんですけどね。日ごろから大兄貴を半助さん、半助さんといって崇《あが》めたてまつっていたそうで。その男を大兄貴が雇い、今回の相馬行きに荷物持ちとして連れて行ったらしいんです」

「忠三郎のところへは、半助がひとりで荷を受け取りに来たそうだぞ」

「おおかた物陰で待たしてたんじゃないですか。まさか人を雇ったとは言えなかったでしょうから、受け取りに来たときは平気な顔をしていた。ということだったんじゃないかと思います」

「道理でおれんとこには顔を出さなかったわけだ。忠三郎の話だと、月代《さかやき》は当たっていたがひげは延び放題だったそうだ。おかしいじゃねえか。てっぺんだけ剃《そ》って、顔の周りはひげだらけというのは。頬がこけていたのを見られたくなかったんだ」

くそっ、と勝五郎はまたしても歯ぎしりしながらののしり声をあげた。だまされたのが口惜しいのだ。あの半助が、これほどまでして自分をだましたのが許せないのだ。

「ほかになにか、わかったか」

「家のなかはきれいさっぱり、もぬけのからでさぁ。持ち物はすべて、長屋の者《もん》にやったとかで、それこそ竈《かまど》の灰ひとつ残ってません。それにしてもおどろきやした、すんげえあばら屋です。一体全体、なにを考えてあんなところに住んでたのか、あっしにゃわかりません。それからひとつ、気になることを耳に挟みました。長八というやつが、下野《しもつけ》は大田原近くの、皆瀬という在の出なんです。ひょっとすると、そこへ寄るかもしれません」

「なぜだ？」

「長八が頼みやがったらしいんです。がきのころ奉公に出されたきり、帰ってねえとかで。なにをやっても長つづきしなかったやつだから、おっかさんの嘆きの種になっていた。それでこうやって、ちゃんと人様のお役に立っているんだよということを見せてやって、安心させてやりたいって。街道からは、一里ほどしか外れてないんだそうで」

「荷物持ちくらいで見栄《みえ》が張れるとも思えんが」

「大兄貴ってのがあぁいういかつい顔ですから、どこかのご家中のご用だとかなんとか、田舎の母親なら口先でまるめこめるんじゃないですか。とにかく皆瀬には、あっしがひとっ走り行って寄ってみるつもりです。けど、親方。まさか、これから、出かけようって腹じゃ……」

勝五郎の恰好《かっこう》を見て、鶴吉は口をあんぐり開けた。先ほどの話では、出かけるのは明朝ということになっていたのだ。

これは勝五郎が勝手に決めたことだった。待っている間にも気が急《せ》いてきて、すぐにも出かけなければ気がすまなくなったのだ。

「おれはこれから出かけるよ。半助の住みかとやらを、一度のぞいてみたいんだ。今夜は千住《せんじゅ》で宿をとるから、おまえはあとから来い」

「あの家へ行ってみるんですか」

「まえからのぞいてみたかったんだ。半助がいやがるから行かなかったただけのことよ。ひどいあばら屋といわれたら、なおさら見てみたい」

「そりゃびっくりしますぜ。話には聞いていたけど、まさかあれほどとは思いませんでした。ただの掘っ建てです。壁は板一枚、隙間《すきま》だらけ。あっしならひと冬だって越せません」

明日、早立ちであとを追わせてもらえるのはありがたい、と鶴吉は言った。

なんでも上野で知りあいにばったり出会ったそうなのだ。そいつの口から、むかし世話になった手習いの師匠が病いで臥《ふ》せっていると聞いた。それで今日のうちにも、見舞いに顔を出してきたいというのだった。

「親方の足でしたら、昼までには追いつけますから心配しねえでください」

なにを言やがる、と負け惜しみは言ったものの、勝五郎としてもそのほうが気楽だった。足の速さがちがうからだ。

鶴吉は深川生まれ、もとはといえば桶屋《おけや》のせがれだった。本来なら家業を継いでいるはずだが、道楽に身を入れすぎて勘当され、どこかの肝煎《きもい》りが中に立って、性根を入れ替えてもらいたいと、蓬莱屋へ連れてきたのが二十二のとき。いまから十年まえのことだ。

忠三郎のもとで八年働き、三十になったとき勝五郎の店へ移った。

早い話、引っこ抜いたのである。

もちろん忠三郎と相談してのことだ。仕事の中味がちがうし、求める能力もちがうから、表店《おもてだな》のよい飛脚が必ずしも勝五郎のお眼鏡にかなうわけではないのだった。

鶴吉の取り柄は身の軽いことだ。腰も軽いから、使うほうにとってはまことに便利というか、使いやすかった。店ではいちばんの新参者だが、いちばん生きのよい飛脚でもあった。

だが忠三郎のところへやってきた当座は、とても使いものにならないと見られていた。要領ばかりで、骨惜しみするからである。

それが一人前の飛脚になれたのは、半助大兄貴のおかげだと、本人は言っている。

分銅《ふんどう》銀の持ち運びが増えていたころ、年老いた半助の力も借りなければならないことが、しばしばあった。

銀というものはなにしろ重い。百両の銀でおよそ六貫の重さになる。数百両もの銀となると、とてもひとりで運べたものではない。

そこで半助の躰《からだ》のことも考え、ひとりつけようということになった。早くいえば荷物持ちだ。

そのとき忠三郎のところから借りてこられたのが、鶴吉だった。若くて生きのよいやつ、ということから選ばれたもので、鶴吉でなくともだれでもよかった。

片や飛脚の大先達。片や生意気なだけの駆け出しの若造。

「大兄貴、大兄貴って、みながうやまって腫《は》れものに触るみたいな扱いをするから、おっかなびっくりお供したんですけどね。一緒に旅してみると、どうってことはない、おとなしいじいさんで、よけいなお説教を垂れないだけ、気が楽ってもんでした。そしたらいきなりぼかっと、ぶん殴られた」

茶店で休憩しているときだった。胴に巻いていた分銅の腹巻きを、重いから外して休もうとした。すると、いきなりぼかっときたのだ。なんにも言わない。不用心なことをするんじゃないと、たしなめられたことはわかったが、それなら口で言ってくれたっていいじゃないか。

むかっとしたから言い返した。

「雪隠《せっちん》へ行きたかったんでさ」

「どんなときでも肌身離すんじゃねえ」

「そんなことを言ったって、糞《くそ》をしたくなったときはどうするんです。下手に身につけてて、糞壺《くそつぼ》にでも落としたらえらいことでしょうが」

「雪隠なんか使うな。野糞ですませろ」

啞然《あぜん》としたが、怖い目でにらみつけられたから、それ以上言い返せなかった。

それからが大変だった。宿で泊まったときも胴巻きを外させないのだ。風呂《ふろ》も使わせてくれない。寝るときも身につけたまま。先方へ着くまでつけたきりだったのだ。

鶴吉にしてみたら耐えがたい不満だ。お終《しま》いのころはふてくされて、口もきかなくなっていた。
わが目を疑ったのは、向こうへ無事着いて、分銅を取り外したとき
だった。鶴吉はそれまで、自分ひとりが分銅を持たされ、半助は手ぶ
らだとばかり思っていた。
ところが半助も、鶴吉とまったく同じ量の分銅を腹に巻きつけてい
たのである。それでいて、歩き方、身のこなし、恰好、外からはどう
見ても、そんな重いものを身につけているようには見えなかったのだ。
「まさに目から鱗《うろこ》ってやつでした。どう見たってしょぼくれた、どっ
ちかというと尾羽《おは》うち枯らしたじいさまなんです。そんな大金を持っ
てるなんて、どうやっても見えねえ。それが、涼しい顔をして、三貫
もの分銅を身につけてやがる。そうか。これが本物の通し飛脚かって、

そのとき大兄貴の凄《すご》みというのをはじめて知ったんです」

鶴吉が心を入れ替えて仕事に取り組みはじめたのはそれからだ。そしてついに、勝五郎のもとで働くまでになったということだった。

鶴吉は昨日、上方から帰ってきたばかりだった。しかし半助を連れもどしに行くという勝五郎の話を聞くと、あっしにも手伝わせてくださいと即座に申し出た。

その後半助のお供をする折りはなかったが、躰がわるいらしいという噂《うわさ》を聞いて、ひそかに気をもんでいたというのだ。だからお役に立てることであれば、ここはなんでもしたいと言うのだった。

ふつうなら旅人が草鞋《わらじ》を脱ごうかという八つすぎ、勝五郎は岩本町を出立《しゅったつ》して上野へ向かった。

目ざしたのは寛永寺の先、天王寺の横から下谷のほうへ下って行く芋坂《いもざか》だ。その芋坂の途中から、崖地《がけち》を横へ入って行ったところに、半助の住まいがあった。

人間の住まいとは思えない掘っ建てが四つ並んでいた。そのいちばん奥が半助の家だった。

一応四軒のなかではいちばん大きかった。

もともとは、地上から七、八尺の高さを残して枯れた松の木である。雷が落ちて裂けたようで、そのとき残った幹を柱と壁にしていた。寄せ集めの板で屋根をかけ、さらに壁を巡らしている。

下には金杉村の谷中がひろがっていた。

崖の下に長屋が五、六棟。半助もはじめはここに住んでいた。雷が落ちて崖の上が空いたのか、もとから枯れ木があったのか知らないが、ひと工夫すれば見晴らしのよい崖の上に住めることに気づいたのは、半助が最初だという。ほかの三軒はそれを真似て、あとからできたものだ。

たしかに眺めはよかった。

前方をさえぎるものがないから豊島界隈《としまかいわい》の田や村、そこを貫いて延びている日光街道、さらには遠く筑波山《つくばさん》が望める。

とはいえただではなかった。崖地にもかかわらず地主がいて、家賃代わりの地代は毎月支払わされている。

半助はここに十数年住みついていた。それまではどちらかというと、あっちこっち転々としていた。ひとつところには長くても三年ぐらい。

ここが、はじめて安住の地になったということだ。

ただし家には、人を寄せつけなかった。

だれかが訪ねたいと言っても、にべもなく断った。

病気を心配してようすを見に来るときも、ほかのものをやったら怒るかもしれないと思って秦吉にしたのだ。

この住まいを見られたくなかったのか。それとも心の内をはかられるのがいやだったのか。

たしかに人に見せられるような家ではなかった。もとの幹回りを西側の壁に使い、上に板をさしかけて片流れの屋根にしている。南と東側は粗壁、戸口と蔀戸《しとみど》は南側にもうけ、戸は出来合の高張り障子をむりやりはめ込んだもの。見るからに素人《しろうと》細工とわかる仕上がりだ。

戸を開けてみると、かろうじて腰かけられる狭い土間があった。あとは板敷きの間。広さは全部ひっくるめて四畳半くらい。板囲いの竈と七輪の台が残されていたほか、土間の隅に小さな流しがあった。残っているのはそれだけ。鍋釜水甕《なべかまみずがめ》はもちろん、板の間に敷いてあった筵《むしろ》までなくなっている。

声も出ないまま、家のなかを見つめた。板壁に貼《は》りつけてある秋葉神社のお札、隙間を紙でふさいだ目張りの跡、焼けこげ、手の脂《あぶら》でてかてかにひかっている蔀戸のつっかい棒。

これが人並み以上の稼ぎがあった男の住む家か。

勝五郎はいまになって、半助という男について、自分がなにも知らないことに気づいた。四十年苦労を分かち合ってきたにしては、その人となりはぼんやりかすみ、よく見ようとしてもいっこう近づいてこないのだ。

顔をゆがめると、声もなく笑った。自分を嘲笑《あざわら》ったのだ。

土足のままあがり、蔀戸を開けた。

半助がしていたようにあぐらをかき、部屋の真ん中に坐《すわ》った。

下界が見える。春がすみが濃く、なにもかももやっている。

松並木と家並の連なりが一本の線となって北へ延びている。これが日光街道。かなりの人家が固まっているところは千住だろう。千住から左右に走っている木立が荒川の土手。目の届く果てに筑波山がかすんでいる。

野焼きの煙がたなびいていた。春の田起こしがはじまって、ところどころ百姓の姿が見える。心なし若やいできたのが畦《あぜ》の緑だ。

人の気配がしたのでのぞいてみると、女が崖を上がってくるところだった。

勝五郎がたどってきた道ではない。下の長屋から上がってくる踏み跡道がべつについていた。

「家を見るんだったら、先に声をかけてくれなきゃだめじゃないか。こんな家でもちゃんとした家主がいるんだから」

がらがら声で言った。五十は越しているだろう。腰は曲がっていないが頭は半白、ひっつめにした髪を櫛《くし》ひとつで留め、内職でもしていたのか木屑《きくず》のついた前掛けをしていた。

「そいつはわるかった。戸が開いたからちょっと入らせてもらったんだ。あっしは蓬莱屋の勝五郎というもので、半助と同じ店にいるものだけど」

するとおんながひるんで鼠《ねずみ》みたいな顔になった。

「あたしゃ頼まれて文《ふみ》を届けただけだよ。それにさっきも、同じ店のもんだという男が来た」

「鶴吉でやしょう。あっしがようすを見に来させたんです。すると半助からことづかった文を、店まで届けてくださったのはおまえさんでしたか」

家の外へ出て挨拶《あいさつ》をした。女は名をくらと言った。下の長屋に二十年住み、長屋ではいちばんの古株だという。

それでももう一回、文をあずかったときの経緯《いきさつ》を聞いた。だが忠三郎から聞いた話とまったく同じだった。

半助の家財を処分したのもくらだという。頼まれたからそうしたのよ。長屋の住人に物持ちはいないから、少々欠けた茶碗《ちゃわん》だってたいていもらい手があるものなのだ。

「みんなが好き勝手に持って行ったからさ。あたしに残ったのは薬臭い土瓶《どびん》だけだったよ」

最後はうらめしそうに言った。

「土瓶？」

そういえば家のなかに日向《ひなた》臭い匂《にお》いがこもっていた。

「煎《せん》じ薬だよ。毎日飲んでた」

「なんの薬でした」

「胃薬だと聞いたけどね。紙の袋に一回分ずつ小分けしてあって、いつも水が半分になるくらいまで煮詰めていた。薬の残りは勘助が持って行ったよ。なんなら土瓶を見てみるかね。井戸端に浸《つ》けてあるから。臭《にお》いが取れるまで、だいぶ浸けとかなきゃならんだろう」

「半助の具合がわるくなったのはいつごろからですか。半年ほどまえに一回、ようすを見に来させたことがあります。そのときはひと月ぐらい、寝ついていたそうだが」

「一年ぐらいまえだったかねえ。長八が血相を変えて水を汲《く》んで行ったから、ついてきたら、ここでげーげー吐いてたよ。長八が一生懸命背中をさすってたけどね」

足下に切れる崖を指さした。

「すると、もっとまえから前ぶれはあったんだ」

「人には言うなといわれたから、あたしも長屋のもんには黙ってた。今回国へ帰ったことだって、ほんとは……」

声が尻《しり》すぼみになって、最後は途切れた。

「国へ帰ると言って出て行ったんだね」

「兄さんとの間でもめていた土地の話が、やっと片づいたとかいってね。本人が言うんだから、それ以上詮索《せんさく》するわけにもいかないだろう。それはよござんしたねって、みんなで送りだしたわよ。いい人だったから、みんなが別れを悲しんだ。子どもらはおいおい泣いたし」

「子ども？」

思わず声がうわずった。子どもに好かれる半助など考えてみたこともなかった。

「子どもらには好かれてたよ。半助おじさん半助おじさんてね。この辺りは夕方になると、空が真っ黒になるくらいコウモリが飛ぶんだ。それをじっと見てて、ぱっと手づかみでつかまえられるんだよ、あの人は。あの人がつくった水鉄砲や竹とんぼは、だれがつくったものよりよく飛んだしね」

「あっしの知ってる半助は、無愛想で、気むずかしくて、人づきあいが大嫌いな人間だったんですけどね」

「そりゃ愛想のあるほうじゃなかったよ。でも男は、あれくらい余計なことをしゃべらないでちょうどいいって、長屋のもんはみんな言ってた。夫婦げんかをすると、旗色のわるくなったほうがあの人のところへ駆けこんだもんだ」

「それで、どこへ帰ると言ってました？」

「陸奥っていったわよ。仙台のまだ北。もっとなんか言ったように思うけど、おぼえてない。どうせわかりゃしないし」

「長八という若者は、どういうことでここに来たんです」

「そこの金福寺が建前《たてまえ》をしたとき、頭《かしら》が、こいつが組にいると、そのうち若えもんに簀巻《すま》きにされかねないからって、置いていったんだよ。性根がわるいわけじゃないけど、どういうわけか波風を立てる男でね。それがなぜか、半助さんの前ではおとなしいのさ。というよりあの人は、口で言うより先にぽかっと殴っちまうほうだからね。長八にはそっちのほうが向いてたみたいなんだ。すっかりなついちゃって、具合がわるくなってからは、ずっと世話をしてたよ」

相馬行きは、半助のほうから言いだしたものらしい。長八がうれしそうに、こうなったらどこまでもお供するんだと、わざわざ知らせにきたそうだ。

日が陰ってきた。ひところに比べたらだいぶ生ぬるくなった風が下から吹きあげてくる。

わずかに見えている荒川が白くひかりはじめた。南へくだってきた流れが千住の辺りで鉤《かぎ》型に曲がり、北へ向かって蛇のようにうねっている。それからふたたび南へ向きを変え、今度は大川となって江戸湾へ注ぐのだ。

「じっくり見たのははじめてだけど、いい景色だ」

「大雨さえ降らなきゃね」

くらが意地のわるそうな顔をして言った。

「大雨が降ったら、あの辺りは全部水の海になっちまうんだよ。あそこに見える田も家も全部水の下に沈んでしまうんだ」

「ほんとかい？」

「ここの田圃《たんぼ》は江戸を洪水から守るためのお囲い場なんだよ。日本堤からこっちはね。お上《かみ》が見放してるところ」

くらがぐるりを指さして言った。東の方角に吉原《よしわら》の家並みが見える。その先に伸びているのが日本堤。その堤からこっちはすべて、水に沈むところだというのだ。

「すると日光街道から下谷、谷中、さらにあっちに見える田や村まで、すべて水に浸かってしまうのかね」

「そうだよ。見てみな。日本堤からこっちにゃ、ろくな堤がないだろうが。大雨が降ったときは、すぐあふれるようにしてあるのさ。そのまま流れて行ったんじゃ、土地の低い本所や深川はたちまち水浸しだからね。それでとりあえず上流で水を溜《た》め、全部が一度に流れないようにしておく。ここはその水溜場なのさ」

「それにしちゃ家が多すぎないか。村までありますぜ」

「むかしはあんな家なんかなかったんだよ。このごろ水害がないから忘れちまったのか、高をくくって横着になったのか、だんだん家が増えはじめて、いまじゃこのありさまさ。大水が出てはじめて思い知るだろうよ」

「これまで水の出たことは？」

「あたしが来てからはいっぺんもない。もう何十年もないな」

「ということは、これから先も大丈夫ということにならんかね」

「なるもんか。大水ちゅうもんはね。五十年に一回、百年に一回起こったらそれでお終《しま》いなんだ。五十年、百年かけて貯《たくわ》えてきたものが、いっぺんになくなる。なにもかも押し流されてしまうんだ」

くらは陰険な目つきになって景色をにらみつけた。どこの生まれか聞いてみたかったが、話が長くなりそうだったから聞かなかった。

3

まちがいなかった。

膝《ひざ》の関節にしわっとくる障《さわ》りのようなものがあった。ずきんずきんするほど大きなものではないが、足を踏み下ろすたび、息をしているような響きがあるのだ。

自分の足がおどろくほど衰えていることは、昨日のうちに気づいていた。しょっちゅうもつれるし、つまずくのだ。空を引っ掻《か》いているみたいで、足が自分のものでなくなった気がしてならない。

そのあげくが、この響きだ。

痛風かもしれないという思いが、頭から離れなくなっていた。母方の叔父がこの病で苦しみ抜いて死んだ。その痛みが半端《はんぱ》なものでなかったことは、最後は人相まで変わってしまったことからも明らかだ。

子どものときから、その思い出におびえてきた。いまでは叔父の生きた年をはるかに越えてしまったが、忘れることだけはできなかった。膝の具合がおかしいことは、半年くらいまえから思い当たっていた。医者にかかるべきかどうか、ずっと迷っていたのだ。迷ったが、踏ん切ることができなかった。

半助のからだを案じるたび、それがつねに自分の身へはね返ってきた。そしてようやく、これから自分の身に起こることは、迷わず引き受けようという気になりかけたところだった。だれしもいつかは、たどらなければならない道なのだ。

江戸から相馬へ向かう旅人は、たいていの場合奥州《おうしゅう》街道を選ぶ。水戸を通る浜街道よりいくらか長くなるが、宿場が整っているから旅が楽なのだ。宇都宮までは日光街道。名所旧跡もそろっている。

宇都宮までがおよそ二十五里。ふつうの旅人で二泊の旅となる。そこはもと飛脚の勝五郎。衰えたとはいえ、一泊で歩き通した。

鶴吉には小山《おやま》で追いつかれた。勝五郎が、今日は宇都宮泊まりだと言うと、わざとらしくおどろいてみせた。いまからだと、喜連川《きつれがわ》ぐらいまで行けますすぜという。

鶴吉と比べられるほうこそ、いい迷惑である。

「親方だってむかしはずいぶん鳴らしたそうじゃないですか」

「むかしのことは言うんじゃねえ。いまおめえの目の前にいるのは、いつお迎えが来てもおかしくないよぼよぼのじじいなんだ。そこらの年寄りと同じに見たからって、おれは文句なんか言わねえぞ」

わけのわからん理屈を言って、鶴吉のことばを封じこめた。これだけでも勝五郎にとってはかなりの屈辱だったのだ。

宇都宮で一泊。つぎの日は長八の里である皆瀬まで一気にという鶴吉の申し立てを退け、三里手前の大田原で宿を取ることにした。

その代わり鶴吉の手綱を放し、好き勝手に先へ行かせた。

相馬まではたとえ荷物があるにせよ、ふつうは五泊か六泊の旅である。追いつけるわけがなかったから、いまは相馬から先をどう追って行くか、そればかり考えていた。

飛脚が道中で泊まる旅籠《はたご》というのは、どの街道でもだいたい決まっている。大田原では本村屋という旅籠が定宿となっていた。伊勢《いせ》講、富士講、大山講、身延《みのぶ》講など、大手講中の看板が掲げられた宿場でも大きな宿のひとつである。

一日十里というのがひとつの目安になっている。朝は六つ半から五つに宿を出て、七つごろまでひたすら歩く。時刻にしてほぼ四刻。かなりの早足である。

勝五郎もその日は休みなく歩き通し、七つまえには本村屋で草鞋《わらじ》を脱ぐことができた。旅に出て三日目。躰《からだ》が慣れてきたところまでいかず、むしろ節々が痛みを訴えはじめてつらくなっていた。

湯を使うと横になり、足を荷物の上にのせて休んでいた。足を上にすると疲れが取れるのである。

夕めしをすませたあとの六つまえ、今日は白河まで行ったはずの鶴吉が姿を現した。

皆瀬に寄って長八の母親に会ったから、それを耳に入れておこうと思って引き返してきたというのだ。

「こりゃ追いつけるかもしれません。まだ相馬へは着いてませんよ。具合があんまりよくねえみたいなんです」

声をひそめて言った。相部屋がふたりいたから、どうしてもささやき声になるのだ。

「ここまでだってやっと来たみたいです。皆瀬で二晩泊まってます。その間寝たきり。一歩も動けなかったみたいです」

母親の口からじかに聞いたのだという。

「こうなったら明日じゅうに二本松まで行ってみます。足跡がたどれるようなら相馬まで行くかもしれません」

「止めはしねえが、三橋屋へは時分かまわず乗りこむんじゃないぞ。

物々しい恰好《かっこう》で飛びこんだら、何事が起こったか、向こうに怪しまれる。あそこはこれからも、忠三郎のとこの上得意なんだからな」

「それはわかってます。あっしも何回か足を運んでますので。おかみさんに会ったことはねえんですが、小僧には顔を知られてます。ですからわからないよう、人を使って問い合わせてみますよ」

鶴吉が同行してくれてよかった。勝五郎ひとりだったら、とてもこれほど素早くはことが運ばなかった。そういう意味でも鶴吉は、手足として追い使うにはいちばん手ごろだった。

翌朝勝五郎が目覚めてみると、鶴吉はとうのむかしに出立していた。

勝五郎のほうは朝めしを食って五つに宿を出た。左に那須《なす》の山が見える。そちらへ向かうと、だらだらと道が登りはじめた。

周囲から田がなくなり、畑と林が増えてきた。平らな土地が少なく、適当に上り下りしながらさらに登っている。林が多いのであまり眺めはない。牧があって馬が飼われていた。

皆瀬は街道から一里ばかり山に入った川沿いの村だった。川は那珂《なか》川の分かれ。ろくに堤がなく、いたるところ大きな石がごろごろしていた。それで皆瀬というのは、水無瀬《みなせ》からきたことばであることに気づいた。いま川に水はまったくなかった。しかし降ればたちまち暴れ川となるところだ。

そういえば家々は林を切りひらいた小高いところに建てられていた。川沿いにはほとんどない。

こんもりとした藪《やぶ》があって、茂みにもたれかかるようにして土壁の家が一軒立っていた。平屋、木《こ》っ端《ぱ》葺《ぶ》き、茅《かや》で囲った仕事場らしい庭と、桶《おけ》を据えただけの雪隠《せっちん》。この界隈《かいわい》で見かけた家のなかでもっとも粗末だった。

外へ一歩出たところから地面がえぐれ、ごろごろ石が剝《む》きだしの川原となっている。藪の回りだけが、川原に突きだした岬となって残っているのだ。石を抱きかかえた竹の根が、細かい網の目みたいにひろがって藪を守っているのだった。

川原でなにかひらひらと飛んでいた。鳥の羽だった。茶色。尾羽らしいもの。どうやら鶏の羽のようだ。

茅の囲いを回ると庭先へ出た。家がその後。蔀戸《しとみど》が上げてあって家のなかが丸見えになっている。

鶏が飛び跳ねていた。雌鶏《めんどり》が三、四羽、座敷から庭先から、おかまいなしに歩き回っている。勝五郎を見ると鋭く鳴いて土間のなかへ逃げこんだ。家のなかに小屋があるのだ。

だれもいなかった。

開けた戸の内側へ首を突っこんでなかをのぞいた。泥だらけの板の間に囲炉裏《いろり》が切ってある。鍋《なべ》がかかっているが火の気はなかった。鶏の糞《ふん》がそこらじゅうに落ちていた。さらに土足の足跡。土間と板の間との見分けがつかないのは、鶏ばかりではないようだ。

奥の壁のひとつに筵《むしろ》が下がっていた。筵の向こうに部屋があるのだ。入口に垂らした筵は、戸代わりの仕切りだった。筵の裾《すそ》が床まで垂れているから、鶏はなかまで入れない。床にも筵が敷いてあった。あたらしい筵だった。

家の前から一段高くなって畑がひろがっていた。石ころだらけの畑である。右の外れに、掘りだしたと思われる小石が山のように積んであった。何万個あるのか、何十万個あるのか。見ているだけでため息が出た。賽《さい》の河原だ。この石を拾わされるくらいなら、地獄へ落ちたほうがましだと思える。

畑の先のほうで人らしいものがうごめいていた。女が這《は》いつくばってなにか植えている。手前の畑には出たばかりの小さな芽。豆のようだ。去年の畑だろう。枯れた蔓《つる》の巻きついた竹が、畑の一部に残されていた。

声をかけたがはじめは届かなかった。大きな声を出して、ようやく顔が上がった。

小柄な女だった。腰が曲がっていた。こちらへ来るときの恰好ときたら、頭がいまにも畦《あぜ》に触わりそうだった。

勝五郎のほうから寄って行った。

「お呼び立てしてすみません。くめさんですか。江戸から来た勝五郎と申します。きのううちの、鶴吉というものが来たと思いますが、おたくで二晩お世話になった半助のことで、二、三お聞きしたいことがあったものですから」

顔を見ただけで話が長くなりそうだったから、どういう用件でやって来たか先に言った。

汚い手拭《てぬぐ》いをかぶり、ぼろにしか見えない野良着《のらぎ》をきていた。くしゃくしゃの顔。肌は赤茶けた土の色と同じ。油っ気のない髪と、木の根みたいに節くれだった手の指。足ははだし。

ただ目を見ると、光というか、なかに貯えられている輝きが思いのほか明るかった。ちょっと見は老婆《ろうば》だが、もっと若いのかもしれない。そうにちがいなかった。長八が二十一なのだ。その母親なら、まだ四十やそこらのはずである。

「このたびはうちのせがれがみなさまのお世話になっておりやして、まことにありがとうございます。なんのお役にも立たねえできそこないですが、なにとぞよろしくお願いいたします」

案の定、ばあさんは長八について、くどくどと言い訳や懇願をはじめた。それも土地ことばだし、よそ行きことばを使おうとするから、回りくどくなってほとんど聞き取れなかった。江戸からきた人間とさしで話す折りなど、これまでそうあったはずもないのだ。

とにかく話を半助に引きもどした。

「半助の具合がどれくらいわるかったか、そいつを教えてもらえませんか」

こちらの言うことはわかる。くめは仕事をやめ、家まで案内すると言いだした。畑に持ってきた笊《ざる》を取りに行く間、そこに立って待っていた。

笊のなかには、得体の知れない出汁《だし》くずのようなものが入っていた。砕いた骨のかけらから、野菜のかす、筋のようなものなど、雑多なものが混ざっていた。しかもきつい臭《にお》いを放っている。煮詰めたものの残りかすみたいなのだ。

半助は途中で気分がわるくなり、歩くこともできなくなって、長八の肩にすがり、やっとこの家へたどり着いた。そのまま倒れこむと、まる二昼夜臥《ふ》せって動けなかった。

先おととい、やっと起きあがれるくらい気力が回復し、くめに丁重な礼を言って出立して行った。

筵で仕切った奥の間が、半助の寝ていたところだった。広さにして三畳くらい。窓も天井の明かり取りもない真っ暗な部屋だった。この家のたったひとつの部屋でもあった。

のぞいてみると、息のつまりそうな狭苦しさと、汗臭いむっとする臭いがこもっていた。取り替えてあった床のあたらしい筵が、精一杯のもてなしであったことがわかる。

半助の病は、躰の内部からきたものらしい。外から見る限り、異変を思わせるものはなにもなかった。熱があり、汗が吹きだして、寝ている間も苦しそうに寝返りを打った。だが苦痛の声はひと言ももらさなかった。

長八が手拭いを浸してきて額に載せ、吹きだしてくる汗を拭ってやった。食いものが喉《のど》を通らないとかで、江戸を発《た》ったときからなにも食っていなかった。ときおり水で口を湿すだけである。

くめは自分の一存で、半助のために力汁《ちからじる》という吸いものをつくってやった。

くめの亭主が長患《ながわずら》いしたとき、それを飲ませて精をつけさせた。そのせいか、亭主の太平は二年生き延びた。それ以上生きられなかったのは、材料を買いそろえる金がつづかなかったからだ。

くめの父親が猟師だった。力汁はその父から教わった精のつくこと無類という料理である。手短に言えば、動物の肉から骨までなにもかも一緒くたにして煮詰め、その精をすべていただくというものだ。

一種の羹《あつもの》である。

「それで鶏をつぶしたんですか」

飛び散っていた鶏の羽を思いだした。そうだとくめは答えた。

年を取って役立たずになっていた雄鶏《おんどり》を絞め、その肉、臓物、骨、すべてを細かく叩《たた》きつぶして鍋にかけ、あくを取ってひたすら煮詰めた。

臭み消しとしてねぎ、菜、野芹《のぜり》など、手に入るものをなにもかもぶちこんで同様に煮詰め、すべてが溶けてどろどろになったものを布でこした。最後に塩と醬油《しょうゆ》で味をつけ、その汁を飲ませたという。

「二日目の夜、ようやくできあがったものを召し上がっていただきました。おいしいおいしいちゅうてお替りまでしてくださいました。翌朝もう一回。おっかさんありがとう、精がついた、五臓六腑《ごぞうろっぷ》に力がみなぎってきた、ちゅうて腕に力こぶをつくってみせてくださいました」

畑へ埋めていたのは、鍋の底にたまったかすだったのだ。

「それはそれは、親兄弟も及ばぬ親身な看病とおもてなしをいただき、わたしからも重ねてお礼を申しあげます。おかげさまで半助も無事旅をつづけられたと思います。わざわざお尋ねしてきた甲斐《かい》がありました。ありがとうございました」

「長八でごぜえますけど、ほんとにしようのない半端もんで、他人《ひと》様にご迷惑ばかりかけております。どんなことでもようございますけえ、あの子にできることがあったらなんでもさせてくだせえ。なにとぞよろしくお願いいたしやす」

また耳にたこができそうなほど言われた。

家にもどってきた長八は、旗本の御大家で奉公していると言ったらしい。そして給金だってこの通り、とくめに二分くれたそうだ。

嘘《うそ》っぱちばかり、と母親は声をふるわせた。

あれは小さいときからどうしようもない子で、嘘はつくわ、銭はつかうわ、根《こん》はつづかんわ、他人《ひと》様に迷惑ばかりかけてきました。きびしいところで奉公したら、すこしは性根があらたまるかと思うて江戸へ出したのですが、どこへ行っても一年とつづかず、いまだにぶらぶらしている始末でごぜえます。

あのろくでなしがどんな人間になってしまうか、それを見ずに死んでしまうことを、せめてもの願いにして生きております。

「おっかさん、そんなことはありませんよ。長八はいい男です。見上げた性根を持ってます。そのうち必ずものになりますよ」

勝五郎は声を大きくして言った。

これまでものにならなかったのは、奉公先が合わなかったからなんです。あっしが鍛えて、立派な職人にしてみせますよと、最後は請け合ってみせたのだった。

4

三橋屋が八重乃の代になって財をなしたのは、東国米《とうごく》の江戸廻漕《かいそう》で地道に稼いだからだった。

それまで東国の米は、大型の弁才船《べざいぶね》に積んで東海岸を下り、房総半島を大回しして江戸湾へ運びこむのが通例だった。しかし船縁《ふなべり》ぎりぎりまで荷を積んだ大型船が、房総をぐるっと大回りして江戸湾にはいるというのは、はたで考えるほどやさしいことではなかった。風波のつよい野島崎沖で、まったく反対の方向に船の針路を変えなければならないからだ。

そこで安全策として考え出されたのが、房総の興津《おきつ》や安房小湊《あわこみなと》、あるいは伊豆《いず》の下田まで行って一旦碇《いったんいかり》を下ろす方法だった。そこで何日か風待ちをし、順風が吹くのを待ってあらためて江戸湾をめざすのである。破船事故を避けようとしたら、それがいちばん安全だった。

八重乃はその方法を取らなかった。すなわち自分のところの船はすべて銚子《ちょうし》止まりとし、そこで荷を積み替えて小船で利根《とね》川を遡《さかのぼ》り、江戸川から江戸湾へ運び入れたのだ。

べつに目新しい方法でもなかった。利根川航路は早くから発達し、一時は千二百俵も米を積める高瀬舟が頻繁に行き来したこともある。ところが浅間山の噴火や、たび重なる洪水で利根川がすっかり浅くなってしまい、高瀬舟の通れなくなることがしばしば起きた。

八重乃はその高瀬舟を、より小さい艀船《はしけぶね》に変えたのだ。積みこめる量は十分の一になってしまうが、その代わり船頭はひとりですむ。少々の浅瀬なら引っぱって運びあげることができる。船ごとの請負にして、運べば運ぶほど実入りが増えるようにしたから、船頭もよろこんで骨身を惜しまなかった。

安全で、しかもいちばん堅実な方法であったことは、いまの三橋屋の繁昌《はんじよう》ぶりを見れば明らかだろう。

決まった荷の入ってくることで利根川の運送は往年の賑《にぎ》わいを取りもどし、途中の町や村も活気づいて、ひろい目で見たら諸掛かり費用まで安くなっていた。破船事故による損失がなくなったからである。

その三橋屋の女主人に、半助がなぜ気に入られたか、だれも知らなかった。自分からしゃべったことはないからだ。三橋屋から名指しが来るようになって、はじめてわかったことである。

長八の母親がつくってくれた力汁がよほど効いたか、半助は元気を取りもどし、その後は遅れることなく旅をつづけていた。

したがって勝五郎が相馬へ着いたのは、半助に遅れること三日、彼岸の中日のことだった。途中で墓参りに向かう多くの人とすれちがった。

鶴吉を宿で待たせ、勝五郎はひとりで三橋屋へ向かった。

間口が十間はあろうかという大きな店だった。総二階、白漆喰《しろしっくい》塗りの店は、相馬でも一、二を争う構えではなかろうか。奥に何棟か蔵が並び、店の横には荷を運び入れるための露路が設けられていた。

名乗りをあげて店に入り、帳場に坐《すわ》っていた番頭に声をかけたのがはじまり。現在の当主徳右衛門が出てきて口上を繰り返し、ようやく奥に案内されてすすぎの水を使った。

女中に案内されたのは、あたらしく建て増された白木造りの二階だった。総檜《そうひのき》づくり。柾目《まさめ》の鴨居《かもい》に太い通し柱。贅《ぜい》を尽くした隠居部屋である。

とくに眺めがあるわけではなかったが、全面に日が当たってまぶしいほど明るかった。そのはず、明かり取り障子の一部にギヤマンが使われていた。ギヤマン障子を見るのは勝五郎もまだ二度目だったのだ。

開け放した部屋がふたつ。どちらも十畳間で、床の間や違い棚のついた部屋が奥だ。

差し渡し二尺はあろうかという青磁の火鉢をかたわらに置き、床柱を背に、色の黒い、目つきの鋭い女が待ち受けていた。

八重乃である。見ただけで納得してしまいそうな臭み、ないし押しの強さを、全身から立ちのぼらせていた。

大商家の女主人とか、隠居とかいったことばから受ける肌合いとはまるでちがう。もっと生々しい妖気《ようき》に満ちていた。人を取って食らいそうな赤い口と、無雑作に結い上げられたつややかな髷《まげ》が、どこか毒々しいのである。肌の色艶《いろつや》ときたら、どう見ても四十代だ。

顔は目が細く、口が小さい、いわゆる瓜実顔《うりざね》だった。よく見ればそれほど形がよいわけでもなかったが、長めの顔のおかげで得をしていた。目つきの品のなさや、唇のまくれ具合など、この女の持っている性根みたいなものが、やわらげられて見えるのだ。

それにしても色が黒かった。素性はもとより、これまでの人生で身につけてきた垢《あか》が、躰《からだ》のなかからにじみ出したかと思える黒さだ。

「あなたが勝五郎さんね」

鼻の脇《わき》に笑みを浮かべ、八重乃はおだやかに言った。声はのびやかで艶があった。

「お初にお目にかかります。蓬萊屋の勝五郎と申します。蓬萊屋にとりましても三橋屋さんは大切なお客様。これまでご挨拶《あいさつ》をする折りのなかったことをまことに申し訳なく思っております」

「堅苦しい挨拶はなしにしましょう。はじめてにしては、あたしもなんだか構えてないのよ。あれこれ話は聞かされてましたからね」

「半助が手前のことを、お耳に入れていたとおっしゃるんですか」

「いろいろね。自分のことはしゃべりたくないもんだから、すぐあなたのことを引き合いに出すの」

江戸土産だろうか。部屋の衣桁《いこう》には、目もあざやかな極彩色の打掛けがかけてあった。ながめて楽しむためなのか、身にまとって悦に入りたいのか、人に見せびらかしてため息を聞きたいのか、この部屋に坐ってみると、そのどれをもかねているみたいな気がする。

八重乃が三月《み》におよぶ長旅から帰ってきたのは十日ほどまえだった。先おととい半助が荷を届けたとすると、土産物のほうがだいぶあとになったことになる。

構えていないというのはほんとうのようだった。どちらかというと、身ごなしがけだるそうだ。着ているものは、明るい紺地の絣《かすり》。とくに華美でもないが、生地の放っている色合いからすると、木綿ではない。

「半助はどのようなことをお耳に入れていたのでしょうか」

「お節介さえ焼かなきゃいい親方なんだが、とよく言ってたわね。どうやら当たっていたみたいね。なんであとを追ってきたの」

「具合がよくないのをずっと隠していたからです。気がつかれませんでしたか。ほんとは他人様の前で、こうやって向かい合ってお相手することだってつらかったはずなんです。それが旅立ってからわかったものですから、行き倒れるまえに連れ帰って、養生させようと思いまして」

「やっぱり相当なお節介じゃないの。けど今回は、会ってないのよ。

先おとといはお寺さんに行ってお経をあげてもらっていたの。その留守にきて、荷を置いたらすぐ帰ったというのよ」

「すると今回は、本人とお会いにならなかった」

「江戸では会いましたよ。でもそのときは、それほど具合がわるそうでもなかったわ。最後まで膝《ひざ》ひとつくずそうとしなかったんだから。でもこれは、あたしがごまかされていたのかもしれない。あの通り、なにを聞いてもぶすっとした顔で、ぼそぼそしゃべるだけでしょう。わからないのよ。なにもかも、自分を隠すためのお芝居だったみたいな気がしないでもないから。でも、あなたにとってはただの雇い人でしょう。それが、具合がわるくなったからって、ふつうこんなところまで追ってくる？」

「手前の店が今日あるのも、すべてあの男のおかげなんです。どんなことをしても、その功には報いきれないと思っております。このままどこかで行き倒れてしまい、仏になられたんじゃ手前の気がすみません。あの男の末期《まつご》の水は、おれが取ってやるとずっと心に決めておりました」

「迷惑な話ね。半助はそれをよろこびましたか」

「あいつに四の五の言わせるつもりはないんです。手前がそうしなきゃ気がおさまらないということでして」

「けっこう似たもの同士じゃないの」

八重乃は声を出して笑った。歯を見せると、気取りのない開けっぴろげな顔になった。それではじめて、いままで警戒されていたのではないか、ということに思いいたった。

八重乃は後に置いてあった箱を引き寄せた。取っ手のついた煙草盆《たばこ》だった。螺鈿《らでん》細工が施され、灰皿と煙草入れが組みこんである。煙管《きせる》が五、六本。なかに一本、とびきり長い煙管があった。

「あなた、煙草は?」

「べつに、嫌いではございません」

「じゃよかった。一服つけましょう」

女中が茶を運んできた。膝をくずすようすすめられ、八重乃も自分から足を組み直した。ちらと腿《もも》が見えた。わざとらしくなくもなかった。男の相手をしてきた女の、身につけてしまった媚《こ》びのようなものだ。

すすめられるまま火鉢へ近寄り、出してくれた煙管を受け取った。ずしりと重い真鍮《しんちゅう》の煙管だ。

八重乃のほうは長さが二尺もある銀煙管。間が呉竹《くれたけ》でつないである。

八重乃が先に吸いはじめた。煙管を斜めにくわえると、勝五郎に向けた目を細め、うっとりとした表情になった。

それに目を返しながら勝五郎も吸った。上等の煙草だった。

勝五郎に向けた八重乃の目が、あからさまな皮肉を浮かべた。

「あたしがどうして半助を贔屓《ひいき》にしたか、解《げ》せないんでしょ」

「いえ、そんなことは、まったく……」

うろたえて勝五郎は答えた。

「あっちのほうは、これっぽっちも心配なかったわよ。こう見えてもあたしは、うちの人が亡《な》くなってからは男に触ったことないの。もともと、そんなに好きというわけでもなかったし。そうしたほうがよろこんでくれるから、その振りをしていただけ。半助とはね。同郷だったのよ。ほんの隣村。だから懐《なつ》かしくて、できたらときにはむかし話でもしようかと思ったんだけど、あの男は最後までそれを認めようとしなかったわ。江戸で呼び出して、芝居へ連れて行こうとしたら、そっちは不調法なもんでと断られた。それで飛鳥山《あすかやま》や、王子の滝などを案内してもらった。そのあとお礼ということでご馳走《ちそう》したの。そのときあたしの生いたちを正直に話した。こっちの手の内をさらけ出したら、向こうも心を開くかと思ったのよ。けど、だめだった。これまでと変わりなかった。それで、がっかりしたわけでもないけど、これまでだなと思って、祝儀《しゅうぎ》を与えて帰しました。これっきりお終《しま》いだと思ったの。だから今回、半助が荷を届けてきたというからびっくりしたのよ」

「なんとおっしゃいます。半助に届けろと指示なさったのではないんですか」

「今回は荷が嵩張《かさば》ったたし、とくに急ぎのものもなかったから、注文なんかつけなかったわ。定飛脚便《じょうびきゃくびん》でよかったのよ」

「知りませんでした。こちらさまの荷物は半助に届けさせるよう、よく名指ししていただきましたし、今回も本人が、これはおれの仕事だと言うものですから、なんの疑いも持たなかったのです。たしかに嵩がありましたから、店の者を荷物持ちにつけようとしたところ、それも断りました。一方でひとり、荷物持ちを雇っていたことが、あとになってわかりました。自分の力ではもう運べなかったのです」

「そう。そんなこととは、知らなかった」

言葉を区切るみたいに八重乃は言った。目が大きくなっていた。それをすぐ伏し目にした。手が止まっていた。明らかに考えこんでいた。

「あの男と同郷だったのは、まちがいないと思ってたの。でも向こうに認めたくないものがあるとしたら、それをむりやり聞き出そうとした、あたしのほうがわるかったということになるでしょう。よけいな詮索《せんさく》をしたかなと悔いてたのよ」

「半助が自分の生国《しょうごく》を隠そうとしていたことはまちがいありません。手前にもくわしいことは一度も言いませんでした。こういう世渡りをしている人間ですから、人に言えないこと、隠しごとはたいてい持っております。ですから隠そうとしていることは聞かない。というのが手前どもの仁義でございました」

「それはあたしたちだって同じよ。あたしのこと、知ってるんでしょ」

「大まかなことはうかがっております」

「千住にいたのよ。宿場女郎。そこでうちの人と巡りあい、身請けしてもらって、後妻の座に坐ることができた。地獄から極楽へ。なんと仕合わせな女でしょう、というわけ」

「………」

「でもたった二年で、先立たれようとは思いもしなかったけどね。あのときはお先真っ暗だったわ。味方がひとりもいなかったんだもの。あたしにとってなにかはじまったとしたら、すべてはそれからよ。あたしを拾いあげてくれたうちの人に、恩返ししなきゃいけない。残された先妻の子を、意地でも一人前に育てなきゃいけない。この店をつぶしてなるものか。それしか考えなかった。恩義に報いること。人のことばには耳を貸さず、なりふりかまわず押し通してきたのもそのためよ。弱みは見せなかったけど、けっこうつらかったわね。どっちに転んでも後ろ指をさされたり、あしざまに言われたりすることがわかっていたから。人の喉《のど》からそのことばを引っこめさせるとしたら、ぐうの音が出ないほど実《じつ》を上げて見返してやるしかなかったの」

「わかります」

「自分のことはなにもかも後回しにしてきたつもりよ。生まれや国のことはだれにも言わなかった。いい思い出もなかったしね。それが、いつだったか、ずっとまえのことだけど、さっきお茶を持ってきた女中がいるでしょ。あのおびんが、まだ店へ来たばかりで、山出しの、お国ことばしか使えない、ほんとの田舎もんだったころのことよ。江戸から荷を届けにきてくれた飛脚に、おびんが給仕してごはんを食べさせてたの。遠路はるばる荷を届けてくれたお礼ということで、うちではいつもそうしていたんだけど、その飛脚にはそれまで目を止めたこともなかった。顔くらい知ってたと思うけど、名はおぼえてなかった。それが、おびんと気が合ったのか、おびんが安心するような人柄だったのか、田舎ことば丸出しで、うれしそうにやりとりしてるのね。

それがあたしのいる奥の間まで聞こえてきた。そのときたまたま、なんかの拍子に、あめぇごっ、て飛脚が言ったの。甘いってことだけど、べつに珍しい言い方でもないわ。でもそのときの、気がゆるんで、思わず素性が出たみたいな言い方をしたときに、あっと思ったわけ。あたしの生まれた村の近在で使われている言い回しだったのよ。それから気をつけて、その飛脚を見るようになった」

勝五郎は黙ってうなずいてみせた。

「それ以来ことばをかけるようになったんだけど、これがじれったいくらい手応《てごた》えがないの。聞かれたことだけ、ぼそぼそっと答えるくらいで。でもこれは、お国ことばを隠そうとしてるからじゃないかと、あとになって思った。とくに江戸の人間は田舎もんをばかにするからね。あたしなんかもずいぶん泣かされた。無口ということにして、黙っているのがいちばん楽だった」

「それはあるかもしれません。手前も駆け出しのころは、上野訛《こうずけなま》りをよく聞き咎《とが》められました。わかっていながらわざと聞き返すんです」

「そういう意地の悪さにかけちゃあ、関東の人間は札付きだわよ。房総あたりから出てきただっぺぇの小娘までが、陸奥の山猿なんてあたしを嘲笑《あざわら》うんだから」

勝五郎は吸い終えた煙管の灰を落とした。煙管を両手に持ちかえ、軽く捧《ささ》げ持って八重乃に返した。

「いま陸奥とおっしゃいましたが、半助も陸奥の出とお考えだったんですか」

「知らなかったの？」

「本人が自分の口から言ったことはありません。それでも四十年近いつき合いでしたから、ときにはぼろを出すことがありまして、陸奥の出だろうと見当はついていました。おかみさんは陸奥の、どこですか」

「聞いたらそこまで追って行くつもり？」

「はい」

「教えなかったら？」

「それでも参ります。どの辺りか、だいたいわかっております」

「どこよ」

「一度あいつの寺請け証文を盗み見たことがあるんです」

八重乃は鼻から煙を吐きながら勝五郎をにらんだ。それほど険しい顔つきでもなかった。むしろ考えあぐねているみたいな、迷いがあらわれていた。

後の床の間に、半助が運んできたと思われる行李《こうり》のひとつが載っていた。絵双紙《えぞうし》が数冊、かるた、双六《すごろく》といったものが周囲に出してあった。

髪の生え際《ぎわ》が白くなっていることに気づいた。八重乃は髪を染めていたのだった。

「十六のときよ。江戸へ売られて行ったのは」

顔を起こすと勝五郎に向けて言った。もとの引きしまった顔にもどっていた。

「そのとき売られて行ったのは三人。顔見知りはいなかったけど、みな近くの村の娘だった。北上川の中ほどから、枝分かれした川に沿って、ちょっと奥へはいったところよ。大雨と山背《やませ》が三年つづいて、稲穂がまったく稔《みの》らなくて、飢饉《ききん》になった。年寄りや子どもがばたばた死んだ。若い娘はほとんど売られて、村からいなくなった」

「………」

「あたしを江戸へ連れてってくれたのは、金兵衛《きんべえ》という人で、女衒《ぜげん》にはちがいなかったけど、仏の金兵衛と呼ばれていたわ。あたしはいまでも、あの人に買われてよかったと感謝してる。江戸まで十何日かかったけど、ことあるごとに諭してくれたの。どういうことかというと、これから先のおまえたちは、自分の身ひとつで生きていかなきゃならないんだから、神仏のお加護にすがるよりも、まず自分、ということを忘れるな。どんなつらいことがあっても笑顔を忘れるな。人につくせ。人に好かれろ。おまえたちが身ひとつでこれからも生きていけるところがもしあるとしたら、人に好かれるところしかないんだって。人に好かれる女になれば、どんなつらいことがあっても生きていける。くどいくらいそれを言い聞かせてくれた」

「苦労人ですね」

「うちの人と知り合ったのも、まったくの偶然よ。たまたまあたしの客になってくれたんだけど、それも手違いで連れと落ち合いそこね、仕方なく千住で一泊することになったからなの。しかもその晩から急病になって、三日ほど寝こんでしまったのよ。自分のお客さんだったから、あたしは三日間客を取らずに自分の部屋で看病してあげた。欲得ずくじゃなかったわ。やさしくて真心のこもった人だったから、自然にそういう看病ができた。まさかそれが縁で身請けしてくれ、女房に迎えてくれるとは思いもしなかったけど」

「それはおかみさんの人柄が本物だったからです。ふつうの人間だったらなかなかそこまでできません。第一遊女が客を取らずに自分の勝手で仕事を休んだら、どれだけ借金が増えるか。どれだけ給金から差し引かれるか。おおよそのことはわかるつもりです」

「借金がふつうの倍の勢いでかさむ仕組みになってたわ。主人は鬼の平六《へいろく》といわれた男でね。その平六は七十になったいまでも矍鑠《かくしゃく》としているそうよ。一方で仏の金兵衛は、翌年殺されちまった」

「……」

「娘を買いにまたやって来て、あたしの村へ入る手前の峠で賊に襲われたの。金兵衛さん、律儀《りちぎ》な人だったから、やって来ることをまえもって知らせていたんじゃないかと思う。それを知った賊が、人気《ひとけ》のない峠で待ち受けて襲ったのよ。ただしばらく、それがわからなかった。娘を売るつもりで、その金を当てにしていた親がおかしいと言いはじめ、だんだん問い合わせてみると、とっくに来てなきゃおかしいということになった。それで調べてみると、汐見《しおみ》峠という山のなかで殺されていた」

「……」

「大騒ぎになったけど、犯人は捕まらなかったわ。大金を持っているとなれば、人を殺してでも手に入れたい人間なら山ほどいて、下手人の見当をつけることすらできなかったみたい。でもそのうち、だんだんわかってきたことがあって、そのとき金兵衛に買われて連れて行かれるはずだった娘のひとりが、いつの間にか姿を消していた。そして娘と仲がよかったと噂《うわさ》された若い男までいなくなっていた。あたしがその話を聞いたのは翌年のことよ。その男が江戸で捕まったからなの。福松《ふくまつ》とかいう名前だったけど、福松は金兵衛殺しを白状し、獄門にかけられて、小塚原《こづかつぱら》でさらされたわ。娘のほうは金兵衛殺しに係わってなかったとかで、非人に落とされ、どこかへ消えたみたいだけど」

先ほどのおびんがお椀《わん》を運んできた。勝五郎はおびんの顔を見た。どう見ても三十を越していた。

「一度嫁に行ったのよ。離縁になったとかで、またうちにもどってきたの」

八重乃が言った。

お椀のなかにはぜんざいが入っていた。

「旅から帰ってくるまで気がつかなかったけど、疲れがだいぶたまっていたみたいなのね。やたら甘いものが欲しくなって、それでおびんにときどきつくってもらってるの。店のものは大喜びよ」

たしかにずいぶん甘かった。奉公人にとってこれ以上のごちそうはなかっただろう。

しばらくふたりでぜんざいをすすっていた。

「聞いたことはそれっきりよ。それ以上のことは耳に入ってこなかったし、聞きもしなかった。ただそれからもずっと、頭のなかに残っていたということ」

八重乃の食い方は猛烈に早かった。猫舌の勝五郎が半分も食わないうち、ずるずると箸《はし》で掻《か》きこんで舌を鳴らした。

「五年まえにはじめて田舎へ帰ったの。故郷へ錦《にしき》を飾るつもりもなかったけど、商売も順調だったたし、仙台へ行く用があったからついでに足を延ばしてみたのよ。十六で田舎を離れて以来、一度も帰っていない。便りもしてない。きょうだいが七人いて、いちばん上だったから、売られたのもやむを得なかったとは思うけど、一方で恨み辛《つら》みみたいなものもあって、それでも父や母には一度会いたかった。なんとも言えない気持なのよね。家はあったわ。けど、とうから、だれもいなくなっていた。家を継いだ弟も他界して、その子の代になってたの。みんな三十そこそこで死んでるのよ。いちばん長生きした母で四十四。長生きできるような暮らしではなかったということでしょうね。せめてもの供養《くよう》にと思って、あたらしいお墓を建てる手配をして帰ってきた」

勝五郎は箸を止めて聞き入った。

「そのとき知り合いを隣の加治村へ、加治村というのよ。あたしの村が木幡村。人をやって、それとなく問い合わせてもらったの。そしたら加治村に半助という男はいなかった。けど半次郎という名前が上がってきてね。しかもこの半次郎は、金兵衛殺しの福松の友だちだった。そして福松が捕まったという噂が伝わってくると、いつの間にか村から姿を消した」

勝五郎は黙ってうなずきながら、冷めたぜんざいを音がしないようにすすった。顔は八重乃を見ていなかった。

「それだけのことよ。あたしの頭のなかも、それでおしまい。べつにあたしは半助が半次郎じゃないかなんて言うつもりはないし、たとえそうであったにせよ、それでどうこうしようと思ったことはないわ。むかしそういうことがあったので、忘れずにおぼえていたというだけ。でもずっと頭にあったもんだから、半助に江戸で会ったとき、つい、聞いてみずにいられなかったのよ。あめぇごっ、ということばを聞いたときから、もしやと思っていたこと。五年まえ、木幡村へ四十年ぶりに帰ったとき、隣の加治村に半助という男がいたかどうか聞いてみたこと。もちろん金兵衛殺しのことはおくびにも出さなかった」

「あの男はどのように答えました?」

「ちがいますって。頭から打ち消したわ。あっしは出羽《でわ》の、羽黒の出で、緒方という村の水呑《みずの》み百姓です。一家五人で村を逃げだし、乞食《こじき》をしながら江戸へきて、江戸ではずっと、洲崎《すさき》の乞食村で暮らしてました。無宿者ですし、口不調法なこともあって、しゃべらなくてすむ商売はないかと探して、やっと居場所を見つけた人間です。そこまで言われたら、ほんと? って言えやしないじゃないか。黙って引き下がってきたわよ。見当ちがいだったら仕方がない。身元を突きとめてどうこうしようというつもりはなかったんだし、気にかかっていたから知りたかっただけ。これでもう、このことはいいと思ったのね。あたしのなかでは、もう忘れていいことになっていた。今回名指しもしなかったのに、わざわざ重い荷を届けてくれるまでは」

八重乃はそう言うと、右手の煙管《きせる》を刀みたいに握って勝五郎の顔を真正面から見つめた。

勝五郎も口を引き結んで八重乃に目を返した。

「手前の考えを申しあげます。これは、これまでお世話になったおかみさんへの、半助なりの、お礼の気持の現れだったのではないかと思います」

「だからそれなら江戸ですんでるのよ。これまでの礼を、言い合って別れたんだから」

「それでは半助の気がおさまらなかったんでしょう」

勝五郎は座りなおすと八重乃のまえに両手をついた。

「おかみさんに嘘《うそ》をついてしまったことへの、せめてものお詫《わ》びのしるしだったのではないかと思います。半助の本名は半次郎でまちがいございません」

「ほんとかえ」

「その話なら聞いたことがあるんです。あいつは十九で江戸へ出てきました。年は食ってましたが、しゃべること、聞くこと、すること、なにもかもはじめてです。仕事の段取りから仕来《しきた》りまで、一人前にできなかったとしても当然でしょう。しかもまずいことに、はじめてやった仕事が河岸《かし》の人足でした。気の荒いこと、気の短いことにかけては引けをとらない連中です。それこそことあるごとに怒鳴られ、ばかにされ、半次郎どころか、半スケ半スケと嘲《あざけ》りのこもった呼び方しかしてもらえなかったといいます。そのときのつらさを忘れないためにもということで、独り立ちしたとき通り名を半助に変えた、とそう申しました。半助が金兵衛さん殺しにどう係わっていたのか、そいつまでは知りませんが、おかみさんからいきなり図星を指され、あの男としては、はい、さようでございますとは言えなかったのだと思います。どうかそれは見逃してやっておくんなさい。あいつは嘘をついたのが申し訳なくて、合わせる顔がなくて、せめて最後の荷物くらいは、自分で運ばせていただこうとしたのではないかと思うんです」

「そういうことかい。口惜《くや》しいねえ。そこまで見抜けなかったわ」

八重乃は口許《くちもと》をゆがめて笑ったが、それほど口惜しそうな顔でもなかった。むしろほっとした顔に見えた。

「考えてみたら、それがいちばん半助らしかったかもしれないわね。いまとなっては腹も立たないわ。そこまで腹をくっていたんだったら、褒めてあげましょう。けど、だったら、もう一回会いたいわ。ちょっとばかし、恨みごとを言ってやらなきゃ、気がおさまらない」

「ありがとうございます。本人を見つけたら伝えておきます。帰りに近くを通るようでしたら、ご挨拶《あいさつ》に寄らせます」

「ぜひそうしてよ。これですっきりしたわ。この三日間ももやもやして、ずーっと気がふさいでいたんだ。やっと霧が晴れた」

八重乃はそう言うと立て膝《ひざ》になって、あたらしい煙草《たばこ》を詰めはじめた。

5

ときならぬ罵《のの》り声《し》が耳にはいってきて足を止めた。勝五郎は身構え気味に辺りへ目を配った。登米《とよま》の手前まできたところだった。

もめごとは、かたわらにあったお宮のなかで起きていた。人の動きが乱れている。というより五、六人でひとりの男を取り囲んで蹴《け》ったり殴ったりしていた。

殴られているほうはひっくり返り、手足こそばたばたさせているが、手向かう気力はもう残っていない。しかし口だけはひるんでいなかった。相手以上の声で罵り返しているのだ。

「さあ殺せ、殺しやがれ、この水呑みの、どん百姓めが！」

たんかだけは一人前だ。

「ようし、お望み通り殺してやろうじゃないか。簀巻《すま》きにして北上川へ放り込んでやる。やっちまえ」

さすがに黙って行きかねた。これから先はよけいなのだ。喧嘩《けんか》ならとうにけりがついている。殴られているほうが減らず口を叩《たた》いているから、殴っているほうの気がおさまらないだけなのである。

ぬっと入ってきた勝五郎を見ると、殴りつけていた連中がぎょっとして後ずさった。道中差しを見るまでもなく、顔つきから貫禄《かんろく》まで、だいぶ上の役者が登場してきたことは一目でわかったのだ。

五人いた。いずれも十七、八という年ごろ。風体《ふうてい》を見ると、百姓仕事に精を出している若者には見えない。髷《まげ》に松葉を挿しているところなど、これでいなせのつもりだろう。

「なんだよ、じじい」

「ごらんのとおり、通りかかりのものよ。なにがもとでこんなことになったか知らんが、もう堪忍してやれ。見ろよ。白目がひっくり返ってる。つまらん怪我《けが》をさせて、あとで尻《しり》を持ちこまれる羽目になったって得はせんぞ。金で始末となったとき、それくらいの工面なら自分でする、親兄弟に迷惑はかけんというなら止めんが」

「こいつが二言目には田舎もん、田舎もんとおれたちをばかにするから、ちょっと懲《こ》らしめてやったのよ。田舎もんにだって躰《からだ》にゃ熱い血が流れてる。こいつが殴られて痛いなら、おれたちだってばかにされたら腹が立つってことよ」

手足の節くれだったいちばん大きな男が言った。はだしの足指が石みたいに硬い。帯に荒縄を締めていた。こいつが頭格《かしら》で、年も一つ二つ上のようだ。

「わかった。おれがこの男にたっぷり意見しておこう。だからここは、この年寄りに免じて鉾《ほこ》を収めてくれ」

「てやんでえ、くそったれが。こうなった以上じたばたするけえ。煮るなり焼くなり勝手にしろってんだ」

地べたで大の字になっている男がわめいた。目が開いていない。臭かった。昼前だというのに、酔っぱらっていたのだ。

「いい加減にしろ。この分じゃ命がいくつあったって江戸まで帰り着けやしねえぞ」

怒鳴りつけた。五人はびくっと躰をふるわせて、顔を見合わせた。勝五郎のことばに動揺したのだ。五人は肩を落として、そそくさと離れていった。

手洗い場の水を柄杓《ひしやく》ですくってくると、若者の顔にぶっかけた。ひっと喉《のど》から声が出て、男はそれきり動かなくなった。

目を開けて目玉がきょろきょろ動きはじめるまで、そばに立って見ていた。それほど長い間ではなかった。若造は口で息をしはじめ、勝五郎に目を据えて恨めしそうな顔になった。

節々の痛みはそれから甦《よみがえ》ってきたらしい。うめきをもらし、顔をしかめた。

そこそこ肉づきのよい大きな躰をしていた。立ち上がれば五尺七、八寸はあるだろう。

しかし引き締まった躰ではなかった。ぼってりしているというか、なんのまとまりもなく大きくなっただけで、きりっとしたものがどこにもない。目鼻までがばらついていて、なにもかもが大まかだ。

手をついて、躰を起こすまで待っていた。

「おめえ、長八だな」

「だれだ？」

口が半開きになった。先ほどまでの勢いはもうない。

「勝五郎というものだ。半助はどうした？」

「知るけえ」

「案内してくれたら、今度はおれがおめえを雇ってやるぞ」

「知らねえんだよ」

顔をゆがめると吐きだすみたいに言った。

「知らねえとはどういうことだ。別れたということか」

「お払い箱になったんだ。銭金《ぜにかね》でついて来たんじゃねえって、あれほど口を酸《す》っぱくして言ったのによ。用はすんだから、江戸へ帰れって」

「じゃあその、お払い箱になったところまで案内しろ。おれがもう一度やつに会わせてやる」

痛てっ、痛てっ、起きあがろうとした途端、だらしない声が止めどなく出はじめた。我慢するとか、こらえるとかいった気配がみじんもない。思ったことがそのままことばになっている。

唇や頬に血がにじんでいた。目許には青黒い痣《あざ》。手足の擦り傷ときたらもっとある。手と腕も、あっちこっち傷《いた》んで、動きがだいぶ不自由になっている。

手洗い場に行って、たっぷり顔を洗わなければならなかった。歩けるようになるまで、辛抱の糸が切れるくらい暇がかかった。

「なんで朝っぱらから飲んだんだ」

「朝っぱらじゃねえ。ゆんべからだ」

「そんな金がどこにあった」

「くれたんだ。よくしてくれたから、これまでの駄賃だって」

「半助とはいつ別れた」

「昨日の午《ひる》」

「どこで」

「加治村というとこ」

「すると、もらった金でたちまち飲みはじめたのか」

「ほかにすること、なかったもん。むしゃくしゃして、なにもかも忘れたかったんだ。だったら酒を飲むしかねえでしょうが」

いまでは酔いも醒《さ》め、しゅんとなっていた。着物の裾《すそ》が裂けている。左足の向こう臑《ずね》に血がにじみ、歩くと足を引きずった。

「銭金でついてきたんじゃねえ」

唇をかんでまた言った。

「ほんとだよ。ついて行きたかったからついて行ったんだ」

「それはわかったから、どうしてこうなったか、はじめっから話せ」

加治村へ入り、しばらく行ったところだった。いきなり、もういいから、ここから帰れと言われたのだとか。

「もういいよ、長八。きりがないから、ここで別れよう。ありがとう。ことばでは言いあらわせない恩になったな。おまえの親身な世話は忘れん。おっかさんにくれぐれもよろしく言ってくれ。力汁、おいしゅうございましたと。これ、駄賃だ。おっかさんになにか買ってやってくれ」

「金が欲しくてお供してきたんじゃないって、言ってるじゃないですか。連れて行ってもらうだけでいいんです」

「だからもう終わったんだ。着いたんだよ。双六《すごろく》の上がりへ着いちまったんだ」

「上がり？」

半助は上に見えている寺にむかって顎《あご》をしゃくった。

「これから先はひとりで行くしかないところなんだ。だれも連れて行けん」

そこまで言われたらどういうことか、いやでもわかる。返すことばがなくなって、長八は立ちすくんだ。

じゃあな、と長八に背を向け、半助は行った。

寺の石段を登り、山門をくぐって姿が見えなくなるまで、気抜けした目で見送っていた。

なんといったらいいのか、自分の気持ちの整理がつかなかった。ようやく道を見つけて、自分の足で歩きはじめたつもりだったのだ。それなのに、気がついてみると、振り出しにもどっていた。

それから先のことは、よくおぼえていない。はじめに茶店でどぶろくを飲んだ。ちがう町の酒屋に寄って、さらに飲んだ。いくら飲んでも酔わなかった。

「半助をこれまで世話してくれたことには、おれのほうからも礼を言うよ。おっかさんにも会ってきた。おまえたちのしてくれたことは、親兄弟もおよばぬありがたい慈悲だ。半助は最後におまえたちに会って、しあわせだったと思う。だがそれでもひとつ、解《げ》せないことがある。いったいなぜそこまで、あの男に肩入れする気になったんだ。なぜそこまで世話をする気になった。後先のことも考えず、なぜこんなところまでついてくる気になったんだ」

長八はその問いに、はじめは口を濁していた。それから最後に、ぼそっと言った。

「おれ、なにをやっても長つづきしたことがねえんです。これまで、どこへ行っても、半端《はんぱ》もん、半端もんと言われてきました。なにをやってもだめな男、物事をひとつとして最後までやり遂げたことのないやろうって。だからひとつぐらい、自分で見こんだものを最後までやり遂げたかったんです。半助さんが好きになったから、できたらおれもこういう人になりたいと、最後までそれを見届けたかったんです」

「見届けたじゃねえか。おまえは立派に、半助の最後を見届けたんだ。

それから先は、欲っていうもんだろうが。おれだって自分の死にざまは人に見せたくねえ。そこから先は、いやでもひとりで行かなきゃならないところなんだ」

勝五郎が念押しすると、長八は浮かぬ顔をしてうなずいた。そこまで考えたことがなかったのか、理屈では言い返せないと悟ったのか、自分へ言い聞かせるみたいにうなずいた。

「へえ、そういうことになりやすか」

昼すぎに米谷《まいや》というところへ出て、渡し船で北上川を渡った。

北上川は川幅いっぱいに水をたたえ、動いているとも見えない速さでゆったりと流れていた。海から十里は遡《さかのぼ》ってきたはずなのに、地形がまだ平らなのだった。

土地が平らすぎてかえって滞ってしまうのか、流れは米谷の先で二つ折りになって大きく曲がっていた。

その曲がり終えたところから右へ、枝分かれした川が東の山地に向かって延びていた。岩谷川という。加治村はこの流れを二里ほど遡ったところだと長八が言った。

すすむほどに左右から山がせり出してきた。土地がだんだん狭くなってくる。上り坂が多くなり、山のかたちが次第に込みいってきた。道を上り下りするごとに、小さな谷が刻まれた。高い山の上には雪が残っていた。

道が三つに分かれる峠をひとつ越した。汐見峠だと長八が言った。

にわかに目の前が開け、山に取り囲まれた窪《くぼ》みのような土地が現れた。真ん中を岩谷川が流れている。

加治村が豊かな土地らしいことは、これまで通ってきた村々より木立が多いこと、緑や森が深くて山が鬱蒼《うっそう》としていること、拓《ひら》かれた田の多いことからもうかがえた。万遍なく散らばっている農家の数も、これまでに比べてはるかに多かった。

「ここ、ぜーんぶ加治村だそうで」

長八が周りを指さして言った。それから左の山裾に見えている大屋根を指さした。寄せ棟だが、ここらでは数すくない瓦《かわら》屋根だった。かなり大寺らしく、付属の建物をいくつか持っていた。

「あれが東林寺です」

半助が最後にはいって行った寺の名だ。とはいえまだ村の入口。そこまで半里くらい隔たりがあった。

東林寺へ行くには、岩谷川を渡らなければならなかった。水が多くて、流れがそこそこ速い。橋はだいぶ先で、それまで川沿いの道をすすんだ。

すると右手の山のなかから声が聞こえてきた。

勝五郎は足を止めた。鶴吉の声だとわかったからだ。

山間《やまあい》の街道から本人が姿を現した。

鶴吉は昨日のうちに、この加治村へ着いているはずだった。昼までには着けなかったかもしれないが、それでもほぼ半助に追いついたことになる。しかし現れたところは、東林寺の反対側からだった。

鶴吉は息をはずませながら走ってきた。

はるか手前から、顔を渋面にして、かぶりを振っていた。気持がそのまま顔に出る男だから、見ただけで思わしい首尾が得られなかったとわかる。

果たして、来るなりがっかりした声で言った。

「面目ねえです。見失っちまいました」

そう言いながらも長八に不審そうな目を向けた。

「あわてるな。こいつが長八だよ。昨日まで半助につきそってくれたんだ」

先に引き合わせておいて、東林寺を指さした。

「半助はあそこで長八と別れ、寺へひとりで上がって行った。昨日の午だ」

聞くなり鶴吉が頓狂《とんきょう》な声をあげた。

「えーっ、おれ、東林寺へも足を運んだんですぜ。そのようなものは来ておりませんと言われたんだ」

口をとがらせてまくし立てた。鶴吉は勢い込んで南斜面の東方を指さした。

「あそこ、見てください。こっち側の山の下に、ちょっと大きな屋根が見えてますよね。あれが新見寺、あの辺りがもとの龍田村です。ただしいまは龍田村じゃなくて、加治村龍田という、ただの部落になってます。あすこら一帯、土地がややふくれてるでしょう。しかもその先で高くなって、行き止まりみたいになってます。あれ、四十何年かまえに、大雨と地滑りで崩れた山の跡なんです。もとの龍田村があの下にすっぽり埋まって、四百何十人もの村人がいまでもあの下で眠ってるそうです。新見寺というあの寺も、あの辺りの土地も、田も、生き残った村人らが自分らの土地に帰って、あたらしくつくり直したものなんです」

言われてみるとたしかに、東の果てで高くなっている土地のふくれ方がおかしかった。人間の手で積みあげられた土手か堤みたいに見えるのだが、よくみると右手の山へとつながっていた。

何日もつづいた雨のあと、水を吸いすぎた山が突然泥水のように溶けだし、ずるずると崩れて麓《ふもと》にあった村をそっくり呑《の》みこんだ。難を免れた家はわずか三戸、生き残った村人十数名という、例を見ない大災害だった。

いま見えている風景から、そのときのありさまを思い浮かべることはむずかしい。すべてが赤茶けた泥ヶ原だったという洪水の跡も、いまでは青々と草木が繁《しげ》り、地肌ひとつ見えなくなっているからだ。

「新見寺には、どんな記録にも、半次郎という名は残ってねえそうです。なんせむかしのことですから、当時のことを知っている人間が、ほとんどいなくなってるんだそうで。大山崩れの生き残りがひとりいるというから、会いに行ったんですけどね。半分ぼけてて、なんにも聞けませんでした」

龍田村は名主、組頭、百姓代はじめ、村内にあった三つの寺まで、なにもかもが泥の下に埋まって死滅した。村の記録がそこで途絶えてしまったのだ。

生き残ったものの身柄は、とりあえず加治村が引き受けた。宗門帳以下の戸籍は東林寺が預かることになり、すべてあたらしくつくりなおされた。龍田村から加治村の村民になったのである。

「ですから新見寺にある過去帳とか宗門帳とかいうものは、このとき東林寺でつくったものを引き継いだものなんです。当寺の記録にないものは、東林寺でお聞きになったほうがいいと思いますというから、それで東林寺へ行ったんですよ。そしたら龍田村の記録はすべて新見寺へお渡ししたので、当山にはなにも残っておりませんって。新見寺のできたのが十五、六年まえなので、そのころの事情を知っている住職が生きていたら、まだしもなにか聞けたと思うんですけど」

「いまの住職はいくつなんだ」

「それが、いねえんです。三年ほどまえに亡《な》くなったとかで。頭が真っ白になった安達原《あだちがはら》みたいなばあさんが、寺男と一緒に寺を守っているだけです。孫の小坊主《こぼうず》が京で修行中とかで、それが帰ってくるのを待っているというありさまで」

「すると、半助は消えちまったことになるじゃねえか。おかしな話だな」

勝五郎が疑うような目を長八に向けたため、長八はあわてて「おら、う、嘘《うそ》はついてねえ」どもりながら言った。

「それで、また、龍田へもどったんです。新見寺の横に板塀《いたべい》を巡らせた家が見えるでしょう。あれが龍田村の名主だった絹川《きぬがわ》家です。いまでは加治村の百姓代になってます。その家の用人をつかまえてあれこれ聞いてみたんですけどね。やっぱり半次郎という名前には心当たりがないとかで」

八重乃から聞いた話は、おおまかなところしか鶴吉に伝えていなかった。半助のもとの名が半次郎であったことは教えたが、女衒《ぜげん》殺しの件は一言も言ってない。

半助と長八が加治村へ入ったのは昨日午まえのことで、鶴吉がやってきたのは八つ半。向かった先がちがったから、顔を合わせることもなかったのだ。

「わかった。それではおれが東林寺をたずねてみよう」

東林寺へ行くのは自分ひとりとし、鶴吉と長八には今夜の宿を見つけておくよう命じた。なによりも米を買っておくこと。

米谷を出てからは大きな村がなく、旅籠《はたご》らしい旅籠がなかった。事実鶴吉は昨日百姓家の軒先を借りて野宿している。めしは今日の昼、一軒の百姓家でようやく食わしてもらえたとか。

東林寺は日当たりのよい山の中腹を切りひらいて建てられていた。石段は五十段くらいと高くなかったが、石垣の縁から見える眺めはなかなかのものだ。

山門は茅葺《かやぶ》きの薬医門《やくいもん》。塀はなく、本堂と庫裏《くり》と鐘楼《しょうろう》があって、かつては塔があったと思われる礎石もあった。本堂の後に経堂と思われる窓のない建物。さらに庫裏から離れた林のなかに、僧堂のような細長い建物が見えていた。

庫裏の裏から鍬《くわ》をかついだ男が出てきた。かなりの年。髷《まげ》があるところをみると寺男のようだ。

老人は勝五郎に会釈《えしやく》して本堂の前を横切り、奥へ延びる道をあがって行った。

上は墓地になっている。彼岸が昨日終わったところで、今日はさすがに訪れる人もない。ひっそりと静まり返っていた。

庫裏まで行って案内を乞《こ》うた。

物音がないので、しばらく待っていた。

ようやく女が出てきた。なるほど、老婆《ろうば》だった。

勝五郎より十以上年上ではあるまいか。たしかに頭の毛が真っ白だった。とはいえ安達原はひどかろう。腰こそ曲がっていたが、顔は引き締まって鼻筋も口許《くちもと》も整っていた。着ているものは紺縞《こんじま》の袷《あわせ》。木綿のようだがけっして粗末なものではない。

長い髪がきれいに梳《す》かれていた。

それに気づいた途端、待ち受けられていたような気がした。鶴吉に嘘を言ったわけだから、まただれかやって来ると覚悟していたにちがいないのだ。

「お初にお目にかかりますが、名乗りをあげさせていただきます。手前は江戸岩本町で飛脚問屋を営んでおります勝五郎というものでございます。手前のところの半助と申すものが、重い病をおして旅に出たことがわかりましたので、連れもどそうとあとを追って参りました。半助とは四十年になろうかというつき合いでございます。自分の店がいまも商売を営んでいられるのは、なにもかも半助のおかげです。ところがだいぶ前から、躰《からだ》の具合をわるくしていたみたいなのです。それをあたくしには、よけいな心配をかけまいとしたのでしょう、ずっと隠しておりました。そのうえで今回の旅に出てしまったのです。帰ってくるつもりのない旅でございます。手前としましては、半助に旅先で行き倒られてしまったら、どうにも自分を許せないことになります。養生も、看病も、面倒も見させてもらえないままあの世へ行かれたんじゃ、面目丸つぶれ。人間としての意地が立ちません。ただその意地を通さんがため、ここまで追って参りました。ほかに他意はございません。なにとぞ意中をお汲《く》みくださいまして、本人がいるようでしたら、お引き合わせ願えませんか。なお半助は旧龍田村の住人で、文化の山崩れのときの生き残りでございます。当時は半次郎と名乗っておりました」

駆け引きはなし。はじめからありのままを正直に言った。

「ご丁寧に恐れ入ります。もんと申します。ただいま当寺は住職が不在でございまして、わたくしは寺を預かっているただの留守番にすぎません」

膝《ひざ》を折って坐《すわ》り、畳に片手をついて言った。勝五郎の口上に対する答えという風には聞こえなかった。ちがうところに立って、名乗りを上げているみたいな気がした。奥行きのあるひっそりとした声だった。

「ご住職はいつお帰りになるのですか」

「先代の住職だった夫、その跡を継いだ子、いずれにも先立たれてしまいました。取り残されているわたくしがしなければならないたったひとつのことは、京で学んでいる孫が、一人前の僧となって帰ってくるのを見届けることです。それを見届けるまでは死ぬに死ねません」

そう言って淋《さび》しそうに口許をくずした。

「失礼ですがおいくつになられました」

「七十五になりました」

「では手前より十三歳上《としうえ》になられます。手前はいまから四十年ほどまえの二十かそこらのとき、蓬萊屋といういまの店で、同じ飛脚人足として半助と出会いました。その半助こと半次郎が、この村から江戸へ出て行ったとき、あなたはまだ三十半ばだったということになります」

目蓋《まぶた》の奥で目がわずかに細くなった。ほほえんだのだ。

「あなたは半助の本名が半次郎であることを、どうしてご存じなのですか」

「半助が持っていた寺請け証文を見たことがあるのです。見せてくれたわけではありません。たまたま盗み見る折りがあったということです」

「すると半助は江戸であたらしい戸籍をもらっていたのですね」

「それはなかったと思います。いまの仕事をこの先もつづけるかどうかわからないし、住まいだってどこに落ちつくか決めていない。当分このままで行くと、なにかのおりに言ったことがあります。届け出たくないのだと、解釈しました。本人が隠そうとしていることはあばかない、というのがわれわれの仁義でございまして、脛《すね》に傷を持っているものが多かった、という風にお考えください」

「すると仮のつもりだったその仕事が、一生つづいたということになるのですか」

「そういうことになります」

もんは一旦《いったん》目を外した。考えたのだった。

「目が落ちくぼんでひげだらけの顔になっていましたが、一目見て半次郎だとわかりました。同様に半次郎も、わたくしが一目でわかりました」

「お互いが忘れないような、なんらかのつながりが、その後もあったのですか」

「忘れたことはございません。ときどき、お金を送ってまいりました」

「半助が金を？」

「はい。ただし受取人は、わたくしではありません。その方が十数年前に亡くなってからは、わたくしが預かっておりましたけど」

「だれに送っていたか、お尋ねしてかまいませんか」

「主家のお嬢さまです。きくさまとおっしゃいました。残念ながら、四十半ばで亡くなられました。このまえ十三回忌をすませたところです。この上の墓地を、左へ行ったところにお墓があります」

「主家とおっしゃるからには、半次郎はただの百姓ではなかったということですね」

「龍田村の絹川という名主の雇い人でした。屋敷の外に家をもらい、一家六人で絹川家のご用をつとめていました。文化の大水ではみなが流され、半次郎ひとりが生き残ったのです」

「絹川家はお嬢さまはじめ、みなさんご無事だったのですか」

「これも七人家族のうち、生き残ったのはお嬢さまひとりでした。もうひとり、すがとおっしゃるおばあさまが、大水の出た日、たまたまご用があって登米へ出かけられていたため助かりました。あとはそのときお供をしていた女中のきん。二十名を超える奉公人がいたそうですが、絹川家で助かったのは、半次郎もふくめてこの四人だけでした」

「すると半次郎は江戸へ出たあと、働いて得た金のなかから、いくらかなりをお嬢さまに送っていたということですか。どれくらいの割合で送ってきました？」

「時期も、金額も決まっておりませんでしたが、四、五年に一回くらいだったでしょうか」

「どういう方法で送ってきたんですか」

「定飛脚《じょうびきゃく》を使っておりました」

「その飛脚問屋の名前はわかりますか」

「上州屋と申しました」

半助が上州屋に伝手《つて》を持っていたとは思えない。というより、知っているところは避けたとみるべきだろう。定飛脚なら問屋の申し送りで荷を運ぶから、費用はわずかですむ。そのかわり日数は、このような田舎だとふた月はかかるかもしれない。

「すると音信はずっとあったわけですね」

「それはありません。お金は受け取りましたが、こちらからなにか送るとか、知らせるとかいう術《すべ》はありませんでした」

「わかりました。とにかくこれで、長年の謎《なぞ》が解けました。賭《か》け事をするわけでもなければ、酒を飲むわけでもない半助が、いったいなんに稼ぎを使っていたのか、不思議でならなかったのです。そういう道楽を持っていたのだ。わけを知ってみますと、いかにもあの男らしい道楽だったことに気がつきます」

ばたばたと足音がして、先ほど墓地へ行った寺男が下りてきた。勝五郎に当惑しながらも、困ったような笑みを浮かべてもんに言った。

「与吉《よきち》がやって来ます。ひとりですが、お知らせしたほうがいいかと思いまして」

「ありがとう」

かすかな狼狽《ろうばい》を見せて、もんは立ちあがった。老人になにか声をかけたが、お国ことばだったので聞き取れなかった。いえ、まだです、と寺男は答え、勝五郎に会釈してもとの道をもどって行った。

もんが「失礼します」と言って奥に引っこんだ。

6

庫裏の外に出て周囲を見回した。石垣の縁で水仙が一列になって咲いていた。すべて白い花だ。

もんが庫裏の後から出てきた。下駄《げた》をはいていた。石垣の前まで行くと勝五郎を手招いた。見た目以上に小柄だ。勝五郎の肩までしかなかった。

「あそこのなだらかな山が崩れた跡です。もとは小椋山《おぐらやま》と呼ばれていました。それが根こそぎ消えてしまったんです。左手に見えている鳥居の向こうから、土地がいびつにふくらんでいるでしょう。押し流されてきた土砂で、地面全体が高くなってしまった名残です。この下を流れている岩谷川にしても、それまでは村の真ん中を流れていたんですよ」

手前の山裾《やますそ》を流れている川が、土砂に押し流されて窮屈そうにゆがんでしまったのが、見てとれた。もとはゆるい流れだったようだが、押しつけられてねじ曲げられたところは、水しぶきのあがる急流になっている。

芋坂の半助の家から見えた景色と、かたちこそちがえ、似通ったものがあった。少なくとも半助が荒川を見て、この景色を思いだしていたことはまちがいないと思う。

「再建された絹川さまの家というのはあれですか」

鶴吉から教えてもらった板塀のある家を指さした。

「そうです。もとはあの先の、崩れた山の真ん中にありました。半次郎ときくさまは、あそこから登米の先の仁方というところまで、濁流のなかを三里も流されて助かったのです」

「流された？」

「足をとられて流されたきくさまを、半次郎が助けに飛びこんだのです。流されながらも半次郎はきくさまをつかんで離さず、気を失って打ちあげられていたときも、しっかり帯を握っていたそうです」

「いくつのときです」

「半次郎が十六歳、きくさまが十四歳でした」

「助かった絹川の四人は、その後どこで暮らしたのですか」

「ご一家は当寺でお世話しました。名主としてしなければならないことがありましたし、宗門帳もつくりなおさなければなりませんでしたから。あそこに僧堂が見えますよね。とりあえずあそこに住んでいただきました。ただし半次郎は、その後の物置へ。ほかの三人が女性でしたから」

もんが指さした僧堂は、庫裏の後の林のなかにあった。三十坪くらいありそうながっしりした建物で、壁を使わずすべてが板張りでできていた。

その後に見えている粗末な小屋が物置だろう。建坪にして十坪くらい、柱がゆがんで傾いているのが、ここからでも見てとれる。

「ここにはどれくらい住んでおりました？」

「合わせると、三年あまりになりましたかね。といっても女中のきんは一年ほどで暇を取りましたし、おばあさまもその後しばらくして亡《な》くなられました。お嬢さまひとりのときが、いちばん長かったように思います」

声がしたから振りかえった。鐘楼の脇《わき》を通って男がひとり、こちらへ来るところだった。

三十まえか。着流しに草履《ぞうり》、裾をはだけてすり足で歩いてくる。つるっとした顔、ぎょろ目、粘り着くような目のひかり、唇の端に浮かべた冷笑。他人に向けた侮《あなど》りが、顔つきから身ごなしまでこぼれそうなほどあふれていた。

「お役目、ごくろうさまです」

もんが愛想よく、だが節度をわきまえた声で言った。

「見慣れないやつが、うろうろしてるっていう知らせをもらったからよ」

勝五郎にいどむような目を向けて言った。

「ちょうど長倉にいたんだ。それでちょっくら出向いてきた。なんでも米を買いあさってるとかで」

それで勝五郎はすすみ出た。

「それはひょっとすると、手前の手下かもしれません。だがそいつは、今晩のめしをなんとかするよう命じたからです。昼めしを食うのに難儀しましたのでね。宿よりもまず、米を買いつけるように言いつけました」

「だれでえ」

「飛脚でございます」

近寄ってくると、牛みたいに鼻を突きだした。上目づかいに見上げてくる。こやつらにつきものの目のひかり。骨の髄《ずい》まで地回りの手先だった。むろんのこと、十手を持つような身分ではない。

「飛脚にしちゃあご大層な身なりじゃねえか」

「飛脚と申しましても、手前は宰領《さいりょう》をやっておりますものですから。江戸は岩本町で蓬莱屋という店をかまえております、勝五郎と申します」

木札の鑑札を取りだして見せた。

「飛脚がこんな村になんでえ」

「それは飛脚でございますから、お届け物さえあればどちらにでもうかがいます」

「京にいる孫が文を送ってくれましたの。年に一回のうれしい便りでございます」

もんがさりげなく言った。

「今晩は村で泊まるんけえ？」

「本日は、こちらでご厄介になったほうがありがたいのです。あした、亘理《わたり》さまのお館《やかた》へうかがわなければなりませんので」

亘理とは伊達《だて》の分家の名前だ。この先の佐沼に陣屋がある。こういう連中に亘理の名を出すことがどういう意味を持つか、知って言ったことだ。

まんざらでたらめでもなかった。亘理家には何回か荷を届けたことがあるのだ。

「大親分さんのところへ、灌仏会《かんぶつえ》のことでまたお願いに行かなきゃと思っていたところなんです」

もんがそう言いながら男に近づいた。というより勝五郎から離して、石垣のほうへ連れて行った。そのとき手が素早く伸びた。袖《そで》のなかへおひねりを入れたのが見えた。

ふたりは立ち話をはじめた。

話が聞こえないところまで勝五郎は下がった。ふたりのようすを見て、墓地へ向かう道に入って行った。

一段ほど上がると、石の柵《さく》の後で、腰を下ろした寺男が煙草《たばこ》を吸っていた。勝五郎には軽く頭をさげた。

敷石に腰かけているが、狭苦しくて一服するようなところではない。下を見て、察した。寺男のほうもふたりを見守っていたのだ。

墓地は供えられた花であふれていた。彼岸の直後だから、花はまだきれいに咲いている。

左のほうへ向かうと、それらの花をひとまとめにして捨てた墓があった。
捨てたのではないかもしれないが、全部引き抜いて、かたわらに積んであった。
代わって花生けに、白い水仙が一輪挿してあった。石垣のところで咲いていた花だ。
墓を見上げた。こむずかしい戒名だ。横に回った。
俗名きくとあった。四十七歳。十四、五年まえに亡くなっている。
もうひとつの、対になっている墓を見た。そちらの花はそのままになっている。
俗名清太郎《せいたろう》、四十五歳。こちらはきくの四年まえに先立っていた。

下のふたりに目をそそぎながら寺男のところへもどった。

「あのお墓は、絹川さまのところの墓ですか」

「そうでございます。新見寺ができたときお墓も移したんですが、ご本人の希望とかでこちらに残されました。ですから向こうが分骨ということになります」

「水仙が供えてありましたが」

「昨日お見えになった方がお供えになったものです。長いこと額《ぬか》ずいていらっしゃいました」

「お手前はむかしの半次郎をご存じだったんですか」

「いえ。わたしはここへ来てまだ十年ほどにしかなりませんので」

「半次郎はいまどこにいます？」

「それは奥さまにうかがってください」

寺男はそう言いながらも下に目を走らせた。与吉という小者が帰るところだった。

その後姿を見とどけてから、寺男は立ちあがった。墓地の上のほうへと帰って行く。

もんが待っていた。

「何者ですか」

一応聞いてみた。

「ただの小遣いせびりです。親分から手下まで、三人が入れ代わりにやって来ます」

「上できくさまの墓を見つけました。隣にあったのはご亭主ですか」

「そうでございます」

「きくさまは、どういう方でした？」

もんはちょっと目をしばたいた。口許《くちもと》がほころんだ。

上のほうから鍬《くわ》を使う音が聞こえてきた。

「目許の涼しいきれいな方でした。とくに若いときは。品があって、愛くるしくて、必ずといっていいくらい、すれちがった人を振り返らせたものです。亡くなった息子が、そのころはまだ京にいましてね。できたらお嫁さんにできないかなと考えたくらいで、夫に言ってたしなめられました。ですからそういう目で、いつもきくさまを見ていたものです」

空を見あげて、懐《なつ》かしむみたいな顔になった。

「それであるとき、きくさまを見る半次郎の目に気がついたのです。きくさまのほうは半次郎を頼り、心から信用していましたけど、その目は奉公人としてしか見ていませんでした」

「半次郎はそのお嬢さんのためにつくしたんですね」

「それは大変なものでした。あれくらいだれかのために身を捧《ささ》げたものを見たことがありません」

「それがなぜお嬢さんを捨てて、江戸へ出て行ったんです？」

「こんな田舎ではいくらの稼ぎにもならなかったからです。とくに岩谷川のつけ替え事業が終わると、仕事がなくなってしまいました」

勝五郎はうなずいた。

「ありがとうございました。あとは本人の口から聞きます。そろそろ会わせていただけませんか」

「お会いしてもお話はできませんよ」

一瞬びくっと勝五郎は鬢《びん》をふるわせた。目をかっと見開いた。

「いつ？」

「ゆうべは変わったようすもなかったので、それほど心配もしなかったのです。今朝ようすを見に行ってみたら、息を引き取っていました」

「………」

「苦しんだようすはありません。安らかな顔で眠りについています」

勝五郎はうつむいた。しばらく足下に目を向けていた。唇を噛《か》んでいた。顔をしかめていた。自分を納得させるみたいにかぶりを振っていた。

肩が落ちた。それから息を詰めたみたいに赤くなった顔をあげた。

「半次郎のしたことを教えていただけますか」

もんが黙った。

「こんな噂《うわさ》を聞いております。旅人を殺して金を奪い、女と江戸へ逃げた男が一年後に捕まった。その知らせが国許へもたらされると、男の朋輩《ほうばい》だった若者までが姿を消した」

ふたりとも黙ってしまった。

もんが勝五郎に背中を向けた。

前方にひろがっている加治村を見つめている。山では梢《こずえ》の芽がふくらみ、田では畦草《あぜくさ》が芽吹きはじめていた。庭木に囲まれて散らばっている人家。うっすらと煙がたなびいている。岩谷川の水面《みなも》が白くひかっていた。

めぐる季節。

いつかの春。

いつもの春だ。

「あのときも目明かしが来ました」

向こうをむいたままもんが言った。

「夫が知らせたのだと思います。龍田村の村方役を引き継いでいましたから、名主、組頭、百姓代、すべてを兼ねていました。まして百姓取締りの大本ともいえる東林寺の住職です。表向きはお上と百姓との間を取り持っていることになっていますが、実際にやっていることは見張りであり、監視でした。逃散《ちようさん》するものはいないか、お上に楯突《たてつ》くものはいないか、博打《ばくち》や遊興にふけるものはいないか、怪しいものがあると情け容赦なく告げ口してお上に突きだす。夫はその術《すべ》にたけていましたから、お上は安心して龍田村の村方をまかせてくれたのです」

「ずいぶんきびしい見方ですね」

「だって、それが寺の役目なのですから。寺が百姓の側に立つことはありません。いやな仕事です。この家に生まれ、寺を背負って行かなければならなかったわが身を、どれくらい呪《のろ》ったかしれません」

背を向けたままだった。おそらく人には見せられない顔をしていたのだと思う。

「江戸で福松が捕まったという知らせがもたらされたとき、なにか思い当たることがあったのでしょう。夫は登米の目明かしに知らせました。さっき来た与吉の、先代の一家です。連中が石段を上がってくるのを見た途端、半次郎を捕らえに来たのだとわかりました。気がついたら、わたくしは半次郎のいる物置へ走っていたのです。半次郎はそのとき、物置で藁《わら》を打っていました。隠れなさい、とわたくしは叫びました。あれこれ考える暇がありませんでしたから、苦しまぎれに、物置のなかにあった室《むろ》に隠したのです。味噌《みそ》や醬油《しょうゆ》の麴《こうじ》を、自分のところでつくっていたころの土間の掘り込みです。畳一枚くらい床下を掘りこんであります。深さにしたらせいぜい一尺くらいでしょうか。使わなくなってからは上に板を敷き、桶《おけ》や臼《うす》などの置き場にしていました。その板を外して半次郎を押しこみ、元通りかぶせてまた物をのせたのです。あまりにもわかりやすいところだったせいか、だれも疑ってみようとはしませんでした」

「………」

「さらに捕り手が物置へ飛びこんで、半次郎がいないのを知ると『逃げた！』って叫んだんです。その一言も効いて、みな外へ逃げたとばかり思いこんでしまいました。一目でわかることですから、物置のなかは全然怪しまなかったのです。村人が駆り出されて山狩りをしましたが、もちろん見つかりません。五日もたつとあきらめて、捜索は打ち切りになりました。この間食べものは、わたしが夫の目を盗んで運んでやりました」

「お嬢さまは知らなかったのですか」

「そのときはまだ知りませんでした。五日たって夫が登米まで呼び出された日、わたしは半次郎を問いつめました。半次郎は白状しました。福松に頼まれて峠で見張りはしたけれども、殺して金を奪うつもりだったなんて思いもしなかったと。もちろん殺しに手を貸してはいないし、その場にもいなかった。だが福松はこうなったらおまえも同罪なんだとうそぶき、口止め料として三十両くれ、自分はおそのという女と江戸へ逃げたのです。半次郎はその金を一文も自分のものにしませんでした。きくさまにやっていたのです。水害の跡地から、流失した小判を見つけたと嘘《うそ》をついて。そのときまでに十七両もの金を渡していました。そしてまだ見つかると思うから、これはふたりだけの秘密にして、けっして他言しないようにと、口止めしていました。天からの授かり物だと思って、絹川家を再興するために使ってください。福松からもらった三十両の金を、いずれ全部、きくさまにあげるつもりだったと思います。絹川家を立て直してやりたい、という半次郎の気持に偽りはなかったと思います。だが同時に、これできくさまの気持を買えるという思いもあったのではないでしょうか」

勝五郎は目を伏せた。

「おどろいたことに、そこへきくさまが現れたのです。わたくしたちのひそひそ話を外で聞きつけ、あとは盗み聞きしていたみたいです。そして泣きくずれながら土間に手をつき、半次郎すまなかった。わたしはあのお金にもう手をつけた。荒れた土地をひらいてもらう手付けとして、半分使ってしまったと」

勝五郎はことばもなく聞いていた。

「わたくしは半次郎をまた室にもどしました。きくさまから半次郎を逃がしてやってくれと泣きつかれ、力を貸すことにしたのです。夫の目をかすめ、何日もかけて寺請け証文をつくってやりました。もちろん偽物《にせもの》です。龍田村にあった信照寺の名を使い、印《いん》は寺にあった古いものに細工を加えました。その間食べものはきくさまが運んでくれました。ばれたら三人とも同罪です。なにもかも三人で腹をくくってしたことだったのです」

「すると手前が盗み見たのは、その寺請け証文だったんですな。道理で半助は、手つづきをしなかったわけだ。あたらしい寺に届け出たら、その寺から引き札がこちらへもどってきます。それでは藪《やぶ》をつついて蛇を出すことになりかねない。その寺請け証文にはおふたりの命もかかっている。それを考えれば届け出る気になれなかった。あるいはその寺請け証文を持ちつづけることで、おふたりを偲《しの》んでいたのかもしれません」

「はじめのうちは、わたくしたちもびくびくしていました。そのうちに腹が据わりましたけどね。わたくしも、きくさまも、それなりの覚悟はして生きてきたつもりです」

「半助も覚悟して生きていたはずです。腹の据わった男でした」

「でもあとになって考えると、自分がなぜそんなことをしたのか、わからないのです。おそらくそのときもまだ、きくさまをわが子の嫁に、という考えがどこかにあったのではないかと思います。しかしなにもかも終わって、もとのおだやかな暮らしにもどってみると、あとに残っていたのは、きくさまが身籠《みご》もっていたという思いがけない事実でした」

「………」

「そのときは、もう迷いませんでしたよ。きくさまに婿《むこ》を世話し、なにごともなくおさめてしまいました」

「ということは、いまの絹川のご当主は半次郎の子どもですか」

「そうです」

「半次郎はそれを知ってました？」

「昨夜知らせてやりました」

「それでご当主も、自分の父親がだれか知っているんですか」

「それは知らないと思います。知らせていないときくさまが言ってましたから」

「清太郎というご亭主はどうだったんですか」

「それは知っていたかもしれません。子どもの顔を見たら思い当たることもあったでしょうから」

「ふたりの間に子どもは」

「ふたり」

「夫婦仲はどうでした？」

「仲むつまじい夫婦でしたよ。清太郎さんも絹川家のために身を粉《こ》にしてよく働いてくれました」

「女ふたりが、最後まで秘密の持ち合いをしたわけですね」

「これからを控えた人たちに、よけいなことを知らせる必用などないと思いませんか。大切なのは、これから先のことです。どうやって生きて行くかを考えてあげるほうが、その人のためになると思います」

足音がして寺男が下りてきた。手足が土で汚れていた。鍬は持っていなかった。もんに向かって頭をさげると「いつでもようございます」と言った。

「それではこの方を僧堂に案内してあげてください」

寺男がうなずき、どうぞと手で示した。

勝五郎は去ろうとするもんに声をかけた。

「教えてください。半次郎と清太郎は、きくという方にとってはなんだったんですかね」

「きくさまは、つぶれた絹川家を興《おこ》すことにすべてを捧げていました。男と女のちがいかもしれません。男は人に付き、女は家に付きます。いまではなにもかもが土に返りました。つぎのものが、これからをつくっていけばいいだけです」

もんは顔を上げると昂然《こうぜん》と言った。老いた鶴《つる》のひと声だった。

勝五郎の目の前で、厚くて重い板戸が開けられた。

真っ暗だった。戸口から入ってきたひかりが床板を白く浮きあがらせた。

板の間。板戸。柱。

「お待ちください」

寺男が言って前の板戸を開けた。ひかりが足を延ばして床を這《は》い、前方へ走った。

奥まで届かなかった。闇《やみ》が深い。柱が左右に立っていた。内部に間仕切りはなく、静寂がみなぎっていた。

寺男が奥まで行って板戸を開けた。

真横から鋭いひかりが入ってきた。勝五郎の目に、薄衣をまとって横たわっている人のかたちが浮かびあがった。

白布。線香立て。寂滅《じゃくめつ》。

「待ってください」

勝五郎は大声をあげ、つぎの板戸を開けようとした寺男を制した。

「お願いがあります。里に手前の連れがふたり来ております。見たらすぐわかると思いますが、お手数ですけど、ここへ呼んできていただけませんか。三人でそろって仏に対面したいのです」

寺男がかしこまりましたと答え、引き下がった。

道中差しを右側に置き、勝五郎は坐《すわ》り直した。背筋をのばして顎《あご》を引いた。横たわっているものに粛然と目をこらした。

大きく息をした。

ひそとも動かなくなった。

蓬萊屋勝五郎は凝然として待ちはじめた。

解　説

北上次郎

志水辰夫の時代小説は、これまで六作が刊行されている（2011年12月現在）。それを刊行順に並べると、①『青に候《そうろう》』（2007年2月刊／新潮社）、②『みのたけの春』（2008年11月刊／集英社）、③『つばくろ越え』（2009年8月刊／新潮社）、④『引かれ者でござい』（2010年8月刊／新潮社）、⑤『夜去り川』（2011年7月刊／文藝春秋）、⑥『待ち伏せ街道』（2011年9月刊／新潮社）という順序になる。しかしこうやって時系列で並べてみると、これはいったい何だろうと思ってしまう。

なぜなら、これらの作品を続けて読むとそこに一貫性がないからである。主人公の長々とした独白が印象的な『みのたけの春』の次に、そういう独白のまったくない『つばくろ越え』が書かれるのでは、統一感がないと言わざるをえない。この『つばくろ越え』は四編を収録した作品集だが、その直前に刊行された『みのたけの春』が青年を主人公にしたのに比べ、こちらの主人公たちは中年あるいは初老男である。そういう年齢も異なっているから、同じく時代小説ではあるものの読後印象はかなり違う。さらに、主人公が寡黙な『引かれ者でござい』をはさんで、また主人公の独白を挿入する『夜去り川』が続くから、読者としては混乱してくる。

志水辰夫は『飢えて狼《おおかみ》』というハードボイルド／冒険小説の傑作を書いてデビューした作家だが（もうあれから三十年がたってしまったのかと思うと感慨深い）、その直後に（正確に言うと三年後に）『あっちが上海《シャンハイ》』というコメディを書いた作家である。どうしてこういう作品があの『飢えて狼』の直後に書かれるのか、当時もわからなかったが、いまもわからない。つまり最初からいろいろな小説を書いてきた作家なのだ。統一性を求めるという考え方そのものがおかしいと言えるだろう。それに志水辰夫でなくても、さまざまな作風に挑むのは作家として珍しいわけではないのだ。主人公の独白があろうとなかろうと、そんなことは関係ない、と言うことも出来る。

しかしこの六作はすべて時代小説であるから、そこに何らかの共通点があるのは自然だろうと私などは考えるのである。そういうふうに考える私のような人間は、『青に候』『みのたけの春』『つばくろ越え』と最初の三作が出た時点で、全然違うじゃん、と混乱するのだ。それは時系列で考えるからいけないのだ、と気がついたのはしばらくたってからである。内容で分類すればいいのだ。志水辰夫の時代小説を理解するにはこうするのが一番だ。つまり、多くの作家がそうであるように、志水辰夫もまた、その作品を書き分けているのである。まったく気がつくのが遅すぎる。というわけで、志水辰夫の時代小説を理解するための図を作ってみた。

↘〈A群〉③『つばくろ越え』、④『引かれ者でございい』、①『青に候』⑥『待ち伏せ街道』
↙〈B群〉②『みのたけの春』、⑤『夜去り川』

A群はあとで説明する。まずはB群だ。これは一、主人公が青年であること。二、時代背景は幕末であること。三、舞台は江戸、京都、大坂まで一〜二日で行けるところ。逆に言えばそのくらい離れていること——この三つを骨子とする。なぜこの条件なのかは、それを選択した作者なりの理由があるのだが、今回は割愛。ここでは、新作に取りかかるときは舞台を決めるところから始めること、すなわち土地の性格を調べてそこから人間像を立ち上げるという順序であることを書くにとどめておく。もう一つ重要なのは、主人公が青年であるので、生き方を模索することが複雑なストーリーの底に必ずあること（それがラスト近くの独白につながっていく）もこのB群の特色だろう。

「主人公が青年であること」という特徴についてもうすこし補足しておけば、志水辰夫が時代小説に転身していちばん驚いたのが、これであった。というのは、『きのうの空』『生きいそぎ』『男坂』『うしろ姿』と、志水辰夫がゼロ年代に書いた現代小説の多くが、中年男あるいは初老男を描いていたからだ。初期作品ならともかく、ゼロ年代の志水作品に青年はほとんど登場しない。おそらく現代小説では青年像が書きにくかったのだ。たぶんそういうことだろう。ところが時代小説の枠を借りた途端に、志水辰夫は青年像をのびのびと書きはじめた。

この変貌《へんぼう》は興味深いが、B群の特徴を語る場ではないので、ここではこれだけにとどめておきたい。

ではA群の特色とは何か。B群と変わらないのは二のみ。まず一は前記したように中年あるいは初老男に変化する。それは大金を腹に巻いて一人で駆け抜けるという仕事の性質上、若い男にはつとまらないからだ。

おっと、その前に説明を忘れていた。このA群の作品は三作ともに「飛脚問屋蓬萊屋《ほうらいや》」シリーズで、「蓬萊屋帳外控」と副題がつけられている。第一作『つばくろ越え』の中に次のような記述がある。

「江戸京大坂間の商取引は、為替切手による相殺《そうさい》勘定が多かったから正金《しょうきん》の動くことはそれほど多くなかったが、商業経済が十分でなかったその他諸国になると、まだまだ正金のやりとりが中心になっていた。その運送を一途に引きうけている飛脚問屋も少なくなかったのだ。／ただ大金を安全に運ぼうとすれば、当然多くの人手が入用となる。人数が増えればそれだけ手間と日数もかかるわけで、その費用はばかにならなかった。／その金をもうすこし抑えられないか、という声にこたえて勝五郎の考え出したのが、小人数で、ひそかに運ぶというい まの方法だった」

それが「蓬莱屋帳外控」であるのは、表の仕事とわけているからだ。表店《おもてだな》を仕切っているのは忠三郎、裏の仕事を仕切っているのは総元締めを引退した勝五郎。裏とはいっても犯罪に加担しているわけではない。前記したように、さまざまな商取引のために大金を運んでいるだけだ。

『つばくろ越え』から、もう一つだけ引く。

「通りすがりの旅人が大金を携帯しているとなると、街道筋の胡散《うさん》臭《くさ》い連中が狼となって襲いかかってくるだろう。そういう目をくぐりぬけられるとしたら、慎重で用心深く、肝のすわった、いざというとき機転のきく、腕もたてば逃げ足も速い者でなければつとまらない。／そういう眼鏡にかなう飛脚となると、そうたくさんはいなかった。事実これまで勝五郎も、このての仕事は弥平ほか数人のものにしかまかせていなかった。もし襲われて金を奪われたら、その損はぜんぶ勝五郎がかぶらなければならないからだ」

そういう事情があるので、このシリーズの主人公に青年が少なくなるということだ。腕がたって、逃げ足が速く、しかも機転がきくとなると、青年よりも経験の多い中年のほうがいいのである。

話の内容がそういうものであるから、当然ながら三も変化する。「江戸、京都、大坂まで一～二日で行けるところ」が舞台では、通し飛脚の出番はないから、こちらは劇的に変化する。大金を腹に巻いて駆け抜けるわけだから、人の少ない土地、燕《つばめ》の通う尾根、脇道《わきみち》が中心にもなる。もちろんそういう山深い地にも人は住んでいるから、あるいは旅人とすれ違ったりもするから、まったく人に接触せずに駆け抜けるというわけにはいかず、そこにドラマもまた生まれてくる。

このようにA群とB群では、同じ時代小説でありながら、まったく内容も方向も異なっていく。どちらを好むかは人それぞれだ。どちらも面白いことは書いておく。

時代小説に転身した第一作『青に候』の位置説明が抜けていた。この作品はA群にもB群にも入らない。これは、藩主交代劇と失踪《しっそう》した同輩の謎《なぞ》をめぐって展開する時代小説で、江戸と国元の両方が舞台となる。主人公は中年よりも青年に近いが、失踪の奥に潜む真実を探る探偵役であり、生き方を模索する青年ではない。したがってここにはB群に共通の長い独白はない。模索しているのは主人公ではなく、国に残ることを選んだ六郎太のほうで、彼の独白はラストにあるけれど、B群の作品とは異なっている。

いちばんの違いは、この転身第一作にはまだシミタツ節が残っていることだ。「山があって、谷があって、その合間からこんこんと湯が湧《わ》き出している。男がいて、女がいて、母親がいて、三人がひとつ湯船に入り合わせていた。それだけのこと。月がもうすこし大きかったらなおよかった夏の夜だった」という心地よいリズムがここにはある。

私はいまだにこの情感たっぷりのリズムを愛している人間だが、志水辰夫が時代小説に転身する直前、「シミタツ節からの脱却」を宣言したことを考えれば、この転身第一作『青に候』はまだ過去作品を引きずっていたと言えるだろう。ちなみに、A群B群ともにシミタツ節は完全に消え去っている。

つまり『青に候』は、志水辰夫が時代小説に転身する、その入り口に置いた作品なのである。こう考えたほうがいい。前掲の「志水辰夫時代小説見取り図」を再度ご覧いただきたい。この『青に候』を出発点に、志水辰夫の時代小説はA群とB群にわかれていくのである。こういうふうに分類すれば、すっきりする。いや別にすっきりする必要もないのだが、そういうタチなので許されたい。

本書をお読みになって笹沢左保の「木枯らし紋次郎」シリーズを想起する読者も多いのではないかと思う。彼が「あっしにはかかわりのないこって」と通り過ぎていったのは紋次郎の性格的な問題からだったが、蓬萊屋の男たちがかかわらないように通りすぎるのは、大金を腹に巻いているという職業上の特性のためである。似ているようで異なっている。ようするに紋次郎がリアリティを持ちえない現代に股旅《またたび》小説を蘇《よみがえ》らせるための方法が、この通し飛脚という設定であった。このアイディアが群を抜いている。もちろん紋次郎がそうであったように、蓬萊屋の男たちもまた結局はかかわってしまうのだが、かかわらなければドラマが成立しないからこれは当然である。

このシリーズはすべて中編集であり（いずれ長編も書かれるかもしれないが）、そこでさまざまな趣向を凝らしていることにも最後に触れておく。基本は大金を腹に巻いて運ぶことだが、蓬萊屋の男たちはそれ以外にも人を運んだり、あるいは人を探しに行ったりもする。たとえば本書に収録の「彼岸の旅」は、黙って消えた飛脚仲間（宰領と雇い人になってしまったが、四十年来の仕事仲間）を探しに六十二歳の勝五郎が旅にでる話で、時代小説に転身する直前に志水辰夫が書いていた老人小説とはまた違った味わいがある。

いちばん象徴的なのは、「ながい道草」かもしれない。これは新潟に正金を届けた帰りに仙造が医者道安のもとに薬を届ける話だが、薬を届ければ役目は終わりだというのに、仙造は帰らない。「一介の飛脚にこれ以上お節介を焼く義理はない」と分かっているのに、ごたごたに首を突っ込んでいく。そうして事の裏側に潜んでいた意外なドラマを鮮やかに描きだすのである。届けるのは金だけではないこと、ついお節介を焼いてかかわってしまうこと――このシリーズに共通する特徴を全部持つ中編である。

あるいは、故郷に残した細君すみに五両届けてほしいと依頼された宇三郎が語り手をつとめる「出直し街道」もいい。出直すのはすみだけでなく、宇三郎もまた人生をやり直すという構造は人情話によくある設定とはいえ、絶品といっていい。

「つばくろ越え」と「ながい道草」に出てくる仙造は、第三作『待ち伏せ街道』所載の「山抜けおんな道」に、「出直し街道」の宇三郎は第二作『引かれ者でございい』所載の「旅は道連れ」に、そして「彼岸の旅」に登場する長八（やっと青年が出てきたと思ったら頼りない若者だ）は第三作『待ち伏せ街道』所載の「なまくら道中」に、それぞれこの後再登場することも付記しておく。

（二〇二一年十二月、文芸評論家）

本書は、株式会社新潮社のご厚意により、新潮文庫『つばくろ越え』を底本としました。但し、頁数の都合により、上巻・下巻の二分冊といたしました。

つばくろ越え―蓬莱屋帳外控―　下
（大活字本シリーズ）

2022年5月20日発行（限定部数700部）
底　本　新潮文庫『つばくろ越え』
定　価　（本体3,300円＋税）
著　者　志水　辰夫
発行者　並木　則康
発行所　社会福祉法人 埼玉福祉会
埼玉県新座市堀ノ内3―7―31　〒352―0023
電話　048―481―2181
振替　00160―3―24404
印刷製本所　社会福祉法人 埼玉福祉会 印刷事業部

© Tatsuo Shimizu 2022, Printed in Japan

ISBN 978-4-86596-498-1